AF394947

CATALOGUE

DES

OBJETS D'ART

ET DE HAUTE CURIOSITÉ

COMPOSANT LA COLLECTION

DE FEU

M. RATTIER

dont la vente aux enchères publiques aura lieu

HOTEL DES COMMISSAIRES-PRISEURS

RUE DROUOT, Nᵒ 5

SALLE Nᵒ 5, AU 1ᵉʳ

Les Lundi 21, Mardi 22, Mercredi 23 & Jeudi 24 Mars 1859

A UNE HEURE

————————

Par le ministère de Mᵉ **CHARLES PILLET**, Commissaire-Priseur,
successeur de M. BONNEFONS DE LAVIALLE,
rue de Choiseul, 11;

Assisté pour les Objets d'art, de M. **MANNHEIM**, Expert,
Marchand de Curiosités, rue de la Paix, 10,

Et pour les Médailles, de M. **ROLLIN**, Expert, rue Vivienne, 12.

————————

EXPOSITION PARTICULIÈRE

Le Samedi 19 mars 1859, de une heure à 5 heures.

EXPOSITION PUBLIQUE

Le Dimanche 20 mars 1859, de une heure à 5 heures.

—

1859

CONDITIONS DE LA VENTE

Elle sera faite au comptant.

Les acquéreurs paieront, en sus des adjudications, cinq pour cent applicables aux frais.

AVIS

Les Tableaux, Dessins et Gravures, faisant partie de la même Collection, seront exposés en même temps que les Curiosités, et seront vendus **le Vendredi 25 Mars 1859, à une heure.**

Les Catalogues se distribuent :

POUR LES OBJETS D'ART

A Paris :   Chez Mᵉ **CHARLES PILLET**, rue de Choiseul, nᵒ 11.

—   M. **MANNHEIM**, rue de la Paix, nᵒ 10.

—   M. **ROLLIN**, rue Vivienne, nᵒ 12.

A Londres :   M. **WEBB**, 22, Cork street, Bond street.

POUR LES TABLEAUX, DESSINS ET GRAVURES

A Paris :   Chez Mᵉ **CHARLES PILLET**, rue de Choiseul, nᵒ 11.

—   M. **LANEUVILLE** (FERDINAND), rue Neuve-des-Mathurins, nᵒ 73.

—   M. **BLAISOT**, rue de Rivoli, nᵒ 178.

LISTE ALPHABÉTIQUE

DES OBJETS

Compris dans ce Catalogue; avec indication des Vacations
dans lesquelles ces objets sont compris.

N. B. La quatrième vacation commencera par les Médailles.

PREMIÈRE VACATION

Le Lundi 24 Mars 1859.

DÉSIGNATION

DES OBJETS

Faïences italiennes et autres.

1 — FABRIQUE DE GUBBIO. Très-beau plateau rond à peinture coloriée, rehaussée de reflets métalliques irisés, rouge rubis et or, par Giorgio Andreöli, mieux
connu sous le nom de Maëstro Giorgio ; représentant l'Enfant prodigue agenouillé, entouré de bes-
tiaux ; au fond, les maisons d'un village.

Cette belle pièce porte au revers le monogramme
du maître et le millésime de 1525.

Diam. 28 cent.

2 — MÊME FABRIQUE. Très-jolie coupe ronde à beaux reflets métalliques irisés: rouge rubis et fond mordoré; au centre, dans un médaillon oblong, le buste de saint Jean l'évangéliste, dont la belle tête rappelle le grand style de Raphaël; au-dessus, dans un cartouche, le millésime de 1520; au-dessous, une tête de chérubin soutenant une draperie de ses ailes; le champ orné d'oiseaux et de dauphins se terminant en rinceaux.

Cette belle pièce est attribuée à Maëstro Giorgio.

Diam. 20 cent.

3 — MÊME FABRIQUE. Plateau rond à beaux reflets métalliques irisés, rouge rubis et mordoré; la partie concave, ornée d'une tête de jeune fille, entourée d'une banderole sur laquelle on lit : IPOLITA *Diva*; le bord est décoré de figures chimériques barbues et ailées se terminant en queues de serpents. Au revers le millésime de 1529.

Cette pièce est également attribuée à Maëstro Giorgio.

Diam. 26 cent.

4 — FABRIQUE D'URBINO. Belle coupe ronde à peinture coloriée rehaussée de très-beaux reflets métalliques irisés rouge rubis et or; la Ville de Florence, sous les traits d'une femme, pleure la mort de ses enfants.

Cette pièce porte au revers l'indication du sujet, le monogramme de Francesco Xanto da Rovigo et la date de 1538.

Diam. 28 cent.

5 — MÊME FABRIQUE. Très-joli plateau rond dont la peinture, d'une bonne exécution, représente la Fuite

du roi Xerxès ; le roi, assis au fond d'une barque,
est entouré de guerriers.

Ce plat porte au revers la signature de Francesco
Xanto da Rovigo, l'indication du sujet et la date de
1537.

Diam. 25 cent.

6 — **Même fabrique.** Très-joli plateau rond, aux armes de
la famille de Pucci ; sujet tiré des Métamorphoses
d'Ovide : Hercule et Cacus. Belle peinture en couleurs variées et d'un beau dessin.

Il porte au revers la signature de Francesco Xanto
da Rovigo, l'indication du sujet, le millésime de
1532, et provient de la collection Préaux.

Diam. 25 cent.

7 — **Même fabrique.** Coupe ronde à peinture rehaussée de
reflets irisés ; sujet tiré de l'Arioste : Astolphe
monté sur un cheval ailé, combattant les Harpies.
Composition très-originale.

Au revers, la signature de Francesco Xanto da
Rovigo, l'indication du sujet et la date de 1532.

Diam. 25 cent.

— **Même fabrique.** Grand et magnifique plat rond, dont
la peinture représente un épisode de la vie de Joseph. Composition de quatorze personnages artis-
tement groupés, d'un beau dessin, et dont les têtes
sont dans la grande et belle manière de Raphaël.

Cette belle pièce, décorée de couleurs variées et
harmonieuses, est attribuée à Francesco Xanto da
Rovigo.

Diam. 42 cent.

9 — **Même fabrique.** Joli plateau rond, au blason des Sca-
liger de Vérone ; sous un Temple supporté par des
colonnes d'ordre ionique, Achille, implorant la

statue d'Apollon, posée sur un socle finement or-
nementé, est menacé d'une flèche par Pâris. Jolie
peinture attribuée à Francesco Xanto da Rovigo.

Diam. 26 cént.

10 — Même fabrique. Coupe ronde, creuse et sur piédouche, décorée de trophées de musique peints en camaïeu bistre sur fond bleu marbré; au centre un
cartouche à inscription : *In Urbino, le vingt-sept de*
novembre.

Diam. 25 cent.

11 — Même fabrique. Petit plateau ovale ; à l'intérieur, un
Amour entre deux Nymphes assises dans un paysage
d'un beau dessin et décoré de couleurs variées ; à
l'extérieur, quatre têtes chimériques en relief formant supports, et émaillées en jaune, sont ratta-
chées entre elles par une draperie ; le fond est orné
d'oiseaux peints de couleurs variées sur fond
bleu marbré.

Grand diam. 19 cent.

12 — Même fabrique. Aiguière à panse ovoïde et d'une
forme très-gracieuse, goulot à trèfle à enroulements, anse à serpents ; sur la panse, Persée debout tenant de la main droite un glaive, et de la
main gauche la tête de la Gorgone, près de lui le
Bellérophon dans un fond de paysage ; à la base
du col à gauche, un blason et les lettres HEB ; le
tout d'un beau dessin et émaillé de belles couleurs.

Haut. totale 34 cent.

13 — Même fabrique. Aiguière d'une belle forme élancée,
à panse ovoïde, anse se terminant par un mascaron
en relief ; sur le corps du vase, Diane et ses Nym-

phes surprises au bain par Actéon. D'un beau dessin et de belles couleurs.

Haut. totale 33 cent.

14 — **Même fabrique.** Vase à grosse panse et goulot droit,
orné d'un médaillon, femme assise ; le reste du
vase à trophées d'armes et de musique, et mascarons peints en camaïeu gris verdâtre rehaussé de
jaune, sur fond gros bleu.

Haut. totale 35 cent.

15 — **Même fabrique.** Vase à grosse panse en tout semblable au précédent ; sur le corps du vase un Saint
martyr dans un médaillon.

Haut. 35 cent.

16 — **Fabrique de Faenza.** Très-joli plateau rond ; au
centre, un médaillon finement peint, Mutius Sce-
vola devant Porsenna ; le bord, à beaux trophées
d'armes et mascarons, reliés entre eux par des figures chimériques se terminant en rinceaux, finement dessinés et décorés de couleurs variées sur
fond bleu.

Au revers, des imbrications jaunes sur fond blanc
et au centre un monogramme inconnu.

Haut. 26 cent.

17 — **Même fabrique.** Joli plateau rond ; dans la partie concave se trouve un médaillon finement peint, Nar-
cisse se mirant dans une fontaine ; bord à beaux
ornements à rinceaux, génies et mascarons ailés
peints en bleu rehaussé de vert sur fond jaune. De
la même main que la pièce précédente.

Diam. 26 cent.

18 — **Même fabrique.** Très-jolie coupe ronde creuse et à
godrons ; au centre un médaillon peint en camaïeu
vert sur fond jaune, jeune guerrier prenant la dé-

fense d'un homme agenouillé, contre un cavalier romain. Le bord intérieur à trophées, mascarons et rinceaux peints en jaune sur fond bleu ; le bord extérieur à beaux ornements du même style coloriés sur fond jaune. Du même artiste que les deux numéros précédents.

Diam. 28 cent.

19 — **Même fabrique.** Grand plat rond, richement orné de sujets fantastiques, griffons, grands candelabres, trophées d'armes suspendus, beaux rinceaux et mascarons finement dessinés et peints en camaïeu bleu rehaussé de vert, sur fond jaune d'ocre.

Diam. 43 cent.

20 — **Même fabrique.** Coupe ronde ; à l'intérieur, peinture variée de couleurs représentant Jésus sur le mont des Oliviers, au pied duquel trois apôtres sont endormis ; à l'extérieur, le centre est occupé par un buste d'homme, tête laurée, entouré de l'inscription suivante : DON PARISIO DA TRAVISIO, et le millésime de 1538. Ce médaillon est soutenu par deux anges et par des figures d'animaux chimériques ; le pourtour est richement orné de génies, d'animaux chimériques, d'arabesques et de chérubins peints en camaïeu bistre rehaussé de blanc sur fond gros bleu.

Diam. 26 cent.

21 — **Même fabrique.** Grand bassin rond à ombilic et bord plat ; au centre, un médaillon, Vénus et l'Amour ; le reste, richement orné d'animaux chimériques, génies et enroulements fantastiques peints en camaïeu bleu clair rehaussé de couleurs variées sur fond blanc.

Diam. 45 cent.

22 — **Même fabrique.** Plateau rond décoré de figures de
génies et d'animaux fantastiques de couleurs variées sur fond noir ; le revers à filets de couleurs
variées.

Diam. 24 cent.

23 — **Même fabrique.** Grand plat rond ; dans la partie
creuse, médaillon orné d'un blason en relief et entouré par des godrons en spirales ; le bord à trophées et le tout décoré de couleurs variées sur fond
bleu de Perse.

Diam. 42 cent.

24 — **Même fabrique.** Très-jolie petite coupe profonde à
deux anses ; au fond, un blason dans un médaillon,
le pourtour intérieur à rinceaux et palmettes variées de couleurs sur fond bleu ; l'extérieur décoré
de même, mais sur fond noir.

Diam. 115 millim.

25 — **Fabrique de Castel-Durante.** Grande coupe ronde et
profonde, richement décorée ; au centre, les armes
du pape Jules II ; au-dessus, un ange présente
une sainte face ; sur une banderole, on lit : IV. II.
PON. MAX., etc. Le reste de la coupe est orné de
satyres, d'anges, de dauphins, de cornes d'abondance, d'arabesques et de fruits, groupés avec
beaucoup de goût et émaillés de belles couleurs
variées sur fond gros bleu.

Le revers est décoré d'arabesques bleues sur
fond blanc, et d'une inscription, indiquant que cette
pièce a été fabriquée à Castel-Durante, le 12 sep-
tembre 1508.

Diam. 33 cent.

26 — **Même fabrique.** Plat creux à peinture coloriée, représentant le Jugement de Páris. Jolie composition de

sept figures, sur le premier plan d'un beau paysage. Millésime de 1539.

Au revers, l'indication du sujet et le nom de Maëstro Guido *Durantino*.

Diam. 28 cent.

27 — **Même fabrique.** Plateau rond et creux à bord renversé; au centre, un Amour les yeux bandés et attaché à un arbre, dans un médaillon entouré d'un tors de lauriers peint en vert; le bord orné de trophées de musique peints en camaïeu bistre sur fond bleu; dans un cartouche le millésime de 1572.

Diam. 33 cent.

28 — **Même fabrique.** Plateau rond; au centre, dans un médaillon, un Amour peint en grisaille sur fond bleu, entouré d'un tors de lauriers peint en vert; le bord, orné de trophées de musique en camaïeu bistre sur fond bleu, et dans un cartouche le millésime 1572.

Diam. 26 cent.

29 — **Même fabrique.** Plateau, en tout semblable au précédent; au centre, un Amour fuyant.

Diam. 26 cent.

30 — **Même fabrique.** Plateau rond; au centre, tête de jeune fille, profil à gauche, peinte en bistre sur fond jaune; le bord à trophées de musique, et cartouches dont deux à aigles et un portant le millésime de 1547; camaïeu bistre sur fond bleu.

Diam. 25 cent.

31 — **Fabrique de Pesaro.** Grand et joli plat rond émaillé d'une belle couleur mordorée et rehaussée de bleu; dans la partie concave, un beau portrait de jeune

fille, profil à gauche, en costume et coiffure du
xvie siècle; sur une banderole, une inscription; le
bord à écailles et palmettes.

Diam. 42 cent.

32 — Même fabrique. Plat rond à peu près semblable au
précédent, à bandes d'entre-deux rouge-brun et à
reflets irisés.

Diam. 40 cent.

33 — Même fabrique. Plat rond, décoré en camaïeu jaune à
beaux reflets métalliques rehaussé de bleu; la partie concave ornée du buste d'une jeune fille vue
de face et lisant; le bord à écailles et palmettes. Au
revers une marque de fabrique.

Diam. 41 cent.

34 — Même fabrique. Plat rond, décoré en jaune mordoré à
beaux reflets métalliques et rehaussé de bleu; la
partie concave ornée d'un ange agenouillé; le bord
à écailles et arabesques.

Diam. 42 cent.

35 — Même fabrique. Plat rond et creux, décoré en jaune
mordoré rehaussé de bleu et à reflets irisés; au
milieu, une biche courant; le bord à écailles et
palmettes.

Diam. 41 cent.

36 — Même fabrique. Plat rond et concave, à beaux reflets
métalliques, couvert d'ornements, à rosaces et rinceaux, en jaune et bleu sur fond blanc.

Diam. 38 cent.

37 — Même fabrique. Plat rond; au centre, portrait d'homme,
profil à gauche, pourtour à godrons en spirales et
bord à torsade; le tout décoré de couleurs variées.

Diam. 31 cent.

38 — Fabrique hispano-arabe. Grand plat rond ; au centre, un blason fleurdelisé, surmonté d'une croix et doré ; pourtour et bord à arêtes et pois en relief se dirigeant vers le centre ; décoré bleu et or, à reflets métalliques, sur fond vermiculé mordoré ; l'extérieur à arabesques à reflets sur fond blanc.

Diam. 43 cent.

39 — Même fabrique. Grand bassin rond, à arabesques et entrelacs en gros bleu sur fond blanc, à ornements mordorés ; le tout à beaux reflets métalliques. L'extérieur orné d'un aigle aux ailes éployées, et ornements divers mordorés.

Diam. 48 cent.

40 — Même fabrique. Grand bassin semblable au précédent.

Diam. 46 cent.

41 — Même fabrique. Petite coupe creuse à bord plat ; au centre, instruments de la Passion, sur fond bleu ; le reste à feuilles de vigne mordorées à reflets sur fond blanc.

Diam. 19 cent.

42 — Même fabrique. Grand plat rond et creux, entièrement recouvert de feuilles à reflets métalliques irisés et mordorés ; au centre un blason ; le revers orné d'un aigle, également à reflets.

Diam. 45 cent.

43 — Même fabrique. Plat rond à arabesques à reflets métalliques irisés ; au centre un blason orné d'un aigle. Au revers une grande fleur de lis.

Diam. 43 cent.

44 — Même fabrique. Plat rond décoré d'arabesques colorées bleu et jaune et à reflets irisés. Au centre, un blason.

Diam. 47 cent.

45 — MÊME FABRIQUE. Plat rond décoré d'arabesques colo
rées bleu et jaune et à reflets irisés ; au centre, le
monogramme de Jésus.

Diam. 43 cent.

46 — MÊME FABRIQUE. Petit plat rond, à reflets métalliques ;
au centre un blason et date de 1611.

Diam. 34 cent.

47 — FABRIQUE ITALIENNE. Coupe ronde, à reliefs à l'extérieur, en forme de coquilles et de mascarons, décorés jaune et bleu ; l'intérieur, à médaillon de jeune
fille au centre ; le pourtour, divisé par compartiments ornés de feuilles, de rinceaux et de dauphins, décorés de couleurs et sur fonds variés.

Diam. 29 cent.

48 — MÊME FABRIQUE. Coupe ronde à reliefs à l'extérieur en
forme de coquilles décorées de jaune et de bleu ; l'intérieur à médaillon, saint Sébastien au centre ; le
pourtour, divisé par compartiments, ornés de rinceaux et de dauphins décorés de couleurs et sur
fonds variés.

Diam. 29 cent.

49 — MÊME FABRIQUE. Plateau rond, représentant l'enfer
païen : Prométhée, Ixion, les Danaïdes, Sisyphe, etc.
émaillé de couleurs variées.

Au revers, l'indication du sujet et la date de
1547.

Diam. 225 millim.

50 — MÊME FABRIQUE. Très-petit plateau rond décoré à l'intérieur, Apollon sur un char traîné par quatre chevaux ; à l'extérieur, Combats divers ; le tout émaillé
de couleurs variées.

Diam. 13 cent.

51 — MÊME FABRIQUE. Médaillon rond représentant un écusson avec armoirie fleurdelisée, sur fond bleu, entourée d'une couronne de feuillages, et date de 1532.

Vente Préaux.

Diam. 30 cent.

52 — MÊME FABRIQUE. Médaillon rond, orné d'une tête de jeune fille en relief, profil à droite, émaillé de couleurs variées sur fond bleu.

Vente Denneville.

Diam. 31 cent.

53 — MÊME FABRIQUE. Bras-applique fond blanc, orné d'un blason et d'une tête de chérubin coloriés.

54 — FAÏENCE DE PERSE. Petit plateau rond, décoré d'arabesques bleues et rosaces vertes sur fond blanc.

Diam. 20 cent.

55 — FAÏENCE DE ROUEN. Très-belle console, à volutes, et médaillon au centre, sujet pastoral; décorée de couleurs variées d'un bel effet.

56 — MÊME FABRIQUE. Grand plat ovale, à ornements bleus sur fond blanc.

Petit diam. 50 cent.

57 — FAÏENCE FRANÇAISE. Coupe ronde, à arabesques en relief émaillées blanc sur fond brun clair; au centre, un blason à Lion.

Diam. 39 cent.

58 — FAÏENCE D'AVIGNON. Très-joli vase en terre vernie en brun, à trois anses se reliant au vase par trois cariatides de génies ailés.

Faïences de Lucca della Robbia.

59 — Très-grand haut-relief, de forme cintrée, l'Annonciation ; l'ange aux genoux de la Vierge lui présente
un lis ; à droite et au-dessus, le Père Éternel entouré de chérubins ; à gauche, formant fond, un
beau lit à baldaquin surmonté de vases contenant
des lis ; belle bordure à pilastres richement orne-
mentée, et le tout émaillé blanc rehaussé d'or.
Pièce capitale, tant sous le rapport de ses dimensions que sous celui de la beauté du travail.

Haut. 2 m. 30 cent. Larg. 1 m. 30 cent.

60 — Deux belles frises, émaillées blanc sur fond bleu clair ;
têtes de chérubins, palmettes, rinceaux et cornes
d'abondance.

Long. 1 m. 60 cent. Haut. 37 cent.

61 — Deux plaques carrées, mêmes sujets et mêmes décors que les frises précédentes.

Long. 30 cent. Haut. 37 cent.

62 — Deux plaques oblongues, trophées surmontés d'une
tête ailée, émaillés blanc sur fond bleu clair.

Haut. 50 cent. Larg 30 cent.

63 — Deux bas-reliefs, têtes de chérubins, émaillés blanc
sur fond bleu clair.

Long. 41 cent. Haut. 26 cent.

64 — Grand médaillon, la Sainte Vierge, vue à mi-corps,
tient l'Enfant Jésus debout dans ses bras ; à droite
et à gauche, têtes de chérubins. Ce bas-relief,

2

d'une belle exécution, émaillé en blanc sur fond
bleu, est encadré d'une riche bordure italienne
en bois sculpté à enroulements et doré.

Diam., cadre compris, 1 m.

65 — Deux têtes en ronde-bosse, grandeur demi-nature,
Evangélistes en regard, émaillés en blanc; formant
appliques.

66 — Bas-relief carré, saint Jean, émaillé en blanc sur un
fond de paysage colorié.

Haut. 49 cent. Larg. 39 cent.

67 — Bas-relief carré-long, l'Annonciation; l'Ange à genoux devant la Sainte Vierge lui présente un lis;
émaillé en blanc sur fond bleu clair.

Long. 59 cent. Haut. 40 cent.

68 — Bas-relief de forme cintrée, dans une bordure à ovès,
émaillé en blanc; la Sainte Vierge et saint Jean en
adoration devant l'Enfant Jésus. Excepté les chairs,
le tout est émaillé de couleurs variées.

Haut. 64 cent. Larg. 45 cent.

69 — Figure d'ange agenouillé tenant un vase. Excepté les
chairs, le tout est émaillé de couleurs variées.

Haut. 56 cent.

70 — Très-beau buste en terre cuite peinte, saint Jean,
grandeur nature.
De l'Ecole de Donatello.

Faïences de Bernard Palissy.

71 — Grande et magnifique aiguière, forme demi-ovoïde
aplatie sur piédouche; la panse est ornée sur ses
deux faces de médaillons, Nymphes couchées sur

un fond de paysage ; se rattachant par d'élégants
rinceaux à deux mascarons, têtes de jeune femme
et de Satyre ; le goulot est orné d'un mascaron et
l'anse, d'une très-belle forme, est enrichie d'une
figure de femme renversée s'appuyant sur une
corne d'abondance.

Cette belle pièce, d'une conservation parfaite, a
tous ses ornements en relief et émaillés de couleurs
variées sur fond blanc, et son intérieur truité.
Collection Soulage.

Long. 20 cent. Larg. 15 cent. Haut. totale 27 cent.

72 — La Nourrice ; bel échantillon de ce groupe, émaillé
de couleurs variées.

Haut. 24 cent.

73 — Le Vielleur ; très-jolie statuette émaillée de couleurs
variées.

Haut. 26 cent.

74 — Groupe de deux personnages, Moine portant une
femme placée dans une hotte ; les têtes sont modelées avec esprit, et le tout émaillé de belles couleurs.

Haut. 22 cent.

75 — Amour assis sur un dauphin ; joli petit groupe émaillé
de belles couleurs.

Haut. 13 cent.

76 — Petit vase à boire formé d'un dauphin, émaillé de
couleurs variées.

Haut. 12 cent.

77 — Magnifique coupe ronde sur piédouche, aux chiffres
enlacés de Henri II, de Catherine de Médicis et de
Diane de Poitiers, finement repercés à jour et entourés d'entrelacs à tors de lauriers et ornements di-

vers, émaillés de belles couleurs variées; la partie concave est émaillée en vert.

Diam. 24 cent.

78 — Autre coupe, en tout semblable à la précédente ; la partie concave en émail jaspé.

Ces rares échantillons proviennent de la collection Préaux.

Diam. 24 cent.

79 — Grand et magnifique plat ovale; au centre, Vénus et Amours en relief, émaillés en blanc, se détachant sur un fond émaillé de couleurs variées, draperies, monument et paysage. Le bord de ce plat est orné de huit salières rondes et ovales, encadrées d'entrelacs à rosaces bleues, et séparées par des mascarons et vases contenant des fruits, de même émaillés de belles couleurs. Le revers est d'un bel émail jaspé et porte comme poinçon de fabrique une fleur de lis.

Cette belle pièce provient de la collection Baron.

Grand diam. 49 cent. Petit diam. 40 cent.

80 — Très-joli plat ovale, à quatre salières rondes jaspées de bleu, entourées d'entrelacs richement ornementés, et séparées par des génies ailés et agenouillés, tenant chacun des attributs divers de guerre, émaillés de couleurs variées se détachant sur un fond brun; le centre est émaillé vert et le revers est jaspé.

Grand diam. 32 cent. Petit diam. 25 cent.

81 — Plat ovale, à quatre salières, formant cartouches, séparées par des rosaces et cornes d'abondance contenant des fruits ; le tout émaillé de belles couleurs variées.

Grand diam. 33 cent. Petit diam. 24 cent.

82 — Autre plat, en tout semblable au précédent.

83 — Grand et beau bassin rond, contenant à l'intérieur
des reptiles, poissons, coquillages, cailloux et ro-
chers, d'une composition très-originale, et émaillé
de belles couleurs. L'extérieur jaspé de vert et de
brun.
Diam. 42 cent.

84 — Petit plateau ovale, à reptiles, coquillages, et belles
branches de feuillage de la plus grande finesse,
émaillés en vert et en blanc, se détachant sur un
fond bleu clair caillouté, d'un très-bel effet.
Grand diam. 33 cent. Petit diam. 24 cent.

85 — Très-joli plat ovale, à reptiles, coquillages, et belles
feuilles de chêne et autres, émaillés de brun, de
vert et de blanc, se détachant sur un fond bleu
marbré, d'un très-bel effet.
Grand diam. 33 cent. Petit diam. 25 cent.

86 — Joli petit bassin, sur piédouche ; au fond, une rosace
et bord à beaux cuirs et enroulements d'un beau
bas-relief, et découpés extérieurement ; le tout de
la plus grande netteté et réussite, émaillé de belles
couleurs variées.
Diam. 24 cent.

87 — Petite coupe ronde, à mascarons, entrelacs et fleurs
modelés en relief, finement repercés à jour et
émaillés de belles couleurs variées.
Diam. 23 cent.

88 — Coupe ronde à bord découpé, ornée de beaux mascarons, arabesques et rosaces parfaitement modelés et émaillés de belles couleurs variées.
Diam. 26 cent.

89 — Grande coupe profonde; au centre, un beau médaillon, composé d'Enfants vendangeurs et Panthère; bordure à beaux ornements, feuillages et rosaces; bel échantillon, émaillé de belles couleurs variées.

Diam. 29 cent.

90 — Coupe ronde et profonde, formant une rosace, composée de trois rangs de feuilles superposées, maintenues par des côtes en relief; le tout émaillé de couleurs variées, et d'un bel effet.

Diam. 27 cent.

91 — Coupe ronde; centre truité; autour, trois Amours dans des berceaux de feuillages de vigne, séparés par trois arbres; le tout émaillé de couleurs variées.

Diam. 25 cent.

92 — Plat ovale et creux, émaillé intérieurement et extérieurement de belles couleurs jaspées. Cette pièce porte, comme le n° 79, une fleur de lis au revers.

Grand diam. 34 cent. Petit diam. 26 cent.

93 — Saucière, dont le fond est orné de deux personnages groupés, Bacchus et Cérès, émaillés de couleurs variées.

Long. 19 cent.

94 — Médaillon rond, à sujet en relief, personnages dans un paysage émaillé de couleurs variées.

Diam. 16 cent.

Bronzes florentins et autres.

95 — Très-beau bas-relief de forme ovale, en bronze florentin, belle patine : Ganimède enlevé par Jupiter, sous la forme d'un aigle.

Reproduction du bas-relief de Michel-Ange qui existait dans la galerie du prince Lucien Bo-

naparte, à Rome, et qui a été gravé par Leonetti
dans la collection des peintures et sculptures de
cette galerie, publiée à Londres.

Collection Debruge.

Long. 32 cent. Haut. 235 millim.

96 — Bas-relief carré, sur hauteur, en bronze florentin ; au
centre, la Vierge et l'Enfant Jésus entourés d'anges, sous un portique à plein cintre, surmonté de
deux Renommées soutenant un feston de lauriers ;
à droite et à gauche, deux pilastres à beaux ornements, vases, génies, rinceaux, etc., supportant
un entablement orné de figurines de génies,
guirlandes de lauriers et enfants montés sur des
dauphins ; le soubassement est orné de trois médaillons : sur celui du centre, figure de femme
couchée et enfants ; sur celui de gauche, la Ten-
tation, et sur celui de droite, Adam et Ève chassés
du paradis.

Larg. 31 cent. Haut. 295 millim.

97 — Beau groupe en bronze florentin : Laocoon, sur socle
en marqueterie genre Boule.

Larg. du groupe. 43 cent. Haut. 57 cent.

98 — Très-jolie figurine en bronze florentin, belle patine :
jeune femme nue, assise sur un tronc d'arbre, se
nattant les cheveux.

Collection Brunet-Denon.

Haut. 195 millim.

99 — Autre jolie figurine en bronze florentin, belle patine :
jeune fille assise les jambes croisées et s'essuyant
le pied.

Collection Brunet-Denon.

Haut. 17 cent.

100 — Statuette en bronze florentin, belle patine : Bacchus
jeune, debout, vêtu d'une peau de bouc et tenant
dans ses mains des grappes de raisin ; à ses pieds,
un tigre assis. Socle carré en marqueterie.
Collection de M. le baron Michel.

Haut. du bronze 23 cent.

101 — Deux jolies petites statuettes d'enfants debout, tenant
dans leurs mains une grappe de raisin et des
coupes, d'après François Flamand.

Haut. 20 cent.

102 — Lionne couchée, en bronze florentin, sur socle en
marbre jaune antique, formant presse-papier.

103 — Deux petits bustes de femmes, en bronze florentin,
dont l'un a servi de bouton de porte.
Collection Préaux.

104 — Petit chandelier, dont le piédouche est orné de feuilles d'eau d'une belle ciselure et le balustre entouré de trois cariatides de femmes ailées, en
ronde bosse, séparées par des festons de fleurs.

Haut. 10 cent.

Sculptures en marbre.

105 — Magnifique bas-relief en marbre sculpté : buste de
Scipion, profil à droite ; la tête est coiffée d'un
casque orné d'un beau cimier à dragon ; la cuirasse, finement sculptée, est ornée sur le devant
d'une tête de Gorgone ailée.
Cette pièce, d'un grand style et d'un travail par-
fait, ne peut être attribuée qu'à un des grands
maîtres italiens du xvie siècle.

Larg. 50 cent. Haut. 60 cent.

106 — Bas-relief en marbre blanc sculpté: buste de femme, profil à gauche ; grandeur nature ; beau travail italien du xvie siècle.

107 — Deux statuettes en marbre tendre sculpté: moines pleureurs, provenant des tombeaux des ducs de Bourgogne aux Chartreux, à Dijon.
Collection Baron.

Haut. 42 cent.

108 — Buste, grandeur nature ; tête de nègre en marbre noir, coiffure et vêtement en marbre blanc ; sur une gaîne en bois noir et filets dorés.

109 — Groupe de trois femmes debout et accolées, en marbre blanc sculpté, supportant une coupe ronde en marbre vert antique ; le tout posé sur un magnifique fût de colonne en porphyre rouge oriental, orné d'un tors de lauriers en bronze ciselé et doré ; contre-socle en granit d'Égypte.

Haut. totale 2 m. 15 cent.

110 — Deux jolies petites consoles à suspension, en marbre blanc sculpté : groupes de chérubins gracieusement posés.

111 — Très-grande coupe ronde, sculptée à godrons et à piédouche, posée sur un socle carré ; le tout en beau marbre des Pyrénées.

Haut. totale 1 m. 40 cent. Diam. de la coupe 75 cent.

DEUXIÈME VACATION

Le Mardi 22 Mars 1859.

Faïences dites de Henri II.

112 — Salière de forme triangulaire ; chacune de ses faces figure un portique à entablement et fronton ; aux angles qui forment le socle, trois mascarons chimériques supportent trois termes à têtes de Satyres barbus, qui sont eux-mêmes surmontés de trois têtes de béliers modelées en ronde-bosse; la partie supérieure porte un cuir ovale où se trouve la salière.

Cette belle pièce est couverte, dans toutes ses parties, d'ornements très-fins, noirs et bruns, incrustés sur fond émaillé blanc, parmi lesquels se trouvent le monogramme du Christ, les trois croissants de Diane de Poitiers et la lettre H, chiffre de Henri II. Quelques parties sont rehaussées de couleurs variées.

Haut. 14 cent.

113 — Autre salière, de même forme que la précédente ; chacune de ses faces figure un portique à deux colonnes cannelées et détachées ; au fond dudit portique se trouve une croisée gothique à ornements et arêtes en relief ; aux angles qui forment le socle, trois mufles de lions sont surmontés de termes à têtes barbues posées sur des embases à ogives ; trois têtes de béliers en ronde-bosse complètent l'ornementation des angles ; la partie supérieure porte un cuir rond où se trouve la salière, ornée à son centre des lettres H et D enlacées, chiffres de Henri II et de Diane de Poitiers.

Cette pièce est couverte, dans toutes ses parties, d'ornements très-fins, noirs et bruns, incrustés sur fond émaillé blanc. Quelques parties sont rehaussées de couleurs variées.

Haut. 14 cent.

114 — Salière de forme hexagone ; le soubassement est orné de mascarons en haut-relief ; chacun des angles du corps de la salière est formé d'une colonne cannelée, à médaillon au monogramme de Jésus ; chacune de ses faces a une ouverture carrée qui permet de voir, à l'intérieur de la pièce, un groupe de trois figurines accolées, modelées en ronde-bosse, et émaillées ; le dessus est orné, à sa partie concave, ainsi que l'encadrement des ouvertures, d'ornements très-fins, incrustés en brun sur fond émaillé blanc.

Quelques parties sont rehaussées de couleurs variées.

Haut. 95 millim.

115 — Belle coupe ronde, sur pied élevé, cantonné de trois consoles ornées de têtes de Satyres et surmontées de coquilles émaillées vert ; le nœud enrichi de mufles de lions en relief.

Elle est ornée d'arabesques émaillées en brun sur fond blanc, et porte au centre de l'intérieur les croissants croisés de Diane de Poitiers entourés d'entrelacs.

Collection Préaux.

Haut. 11 cent. Diam. 13 cent.

Émaux de Limoges.

116 — Deux magnifiques volets provenant d'un triptyque, émail colorié, rehaussé d'or et à émaux en relief imitant les pierres précieuses ; Pierre II, duc de Bourbon et d'Auvergne, mort en 1503, à genoux devant saint Pierre, et Anne de France, fille de Louis XI, régente de France pour Charles VIII, son frère, morte en 1522, à genoux devant sainte Anne. Leurs prie-Dieu sont couverts d'étoffe fleurdelisée ; fond d'architecture style Renaissance, à plein cintre, orné de colonnes surmontées de figurines soutenant des festons de lauriers.

Ces deux belles plaques de la fin du xve siècle, et dont les personnages sont en riches costumes du temps, sont décrites par M. de Laborde dans sa notice sur les émaux du Louvre, page 139.

Haut. 24 cent. Larg. 9 cent.

117 — Grand et beau triptyque en émail colorié, rehaussé d'or et orné d'émaux en relief imitant les pierres précieuses : sur le tableau du milieu, le Christ en croix entre les deux larrons ; sur le volet de gauche, le Portement de croix, et sur le volet de droite, la Descente de croix.

Ce bel échantillon, très-riche de composition, dans le style des maîtres allemands de la fin du xve siècle, est décrit par M. de Laborde dans sa notice sur les émaux du Louvre, page 138.

Haut. 26 cent. Larg. 23 cent. Larg. des volets 95 millim.

118 — Plaque ronde, émail colorié, enrichi d'émaux imitant les pierres précieuses : Présentation de la tête de saint Jean à Hérodiade. Travail du xve siècle.

Diam. 145 millim.

119 — Très-belle plaque ronde, peinture en grisaille teintée, rehaussée d'or : le Christ descendu de la croix, entouré des saintes femmes.

Superbe échantillon de Jean Pénicaud III, peint d'après Schiavone. Le contre-émail translucide laisse apercevoir le poinçon du maître.

Cet émail provient de la collection Brunet-Denon et est cité par M. de Laborde, dans sa notice sur les émaux du Louvre, page 161, comme étant un chef-d'œuvre.

Diam. 22 cent.

120 — Grande et belle plaque, ovale en hauteur : la Vendange, émail colorié, rehaussé d'or, riche de composition, par Léonard Limosin.

Signé : LEONARD.LIMOSIN.

MF

Grand diam. 345 millim. Petit diam. 26 cent.

121 — Jolie plaque oblongue, émail colorié, rehaussé d'or : le Cortége funèbre de Psyché, précédé de sonneurs

de trompe et suivi de sa famille, par Léonard Limosin.

Ce sujet est copié d'après un des dessins que
Raphaël fit pour le palais de la Farnésine, à Rome,
et gravé par Marc-Antoine.

Long. 20 cent. Haut. 15 cent.

122 — Belle plaque ronde: la Nature, sous les traits d'une
femme nue; peinture légèrement teintée, entourée
d'animaux peints en grisaille. Monogramme : LL.
(Léonard Limosin).

Diam. 21 cent.

123 — Belle plaque, émail peint en grisaille: Psyché réveil-
lant l'Amour, d'après Raphaël. Attribuée à Pape.
Provenant de la collection Brunet-Denon.

Long. 21 cent. Haut. 15 cent.

124 — Deux belles plaques carrées, peintes en grisaille, ac-
cessoires teintés : sur l'une, Psyché implorant
Cérès ; sur l'autre, Psyché implorant Junon, d'a-
près Raphaël. Attribuées à Pape.
Collection Brunet-Denon.

15 cent. tous sens.

125 — Plaque ronde, grisaille sur fond noir, les chairs teintées, quelques détails dorés ; la Sainte Vierge,
l'Enfant Jésus et saint Jean sous un dais orné de
draperies. Attribuée à Pape. Cadre en bronze doré.

Diam. 14 cent.

126 — Plaque oblongue, peinture en grisaille sur fond noir,
rehaussée d'or, ornée d'un blason, sujet biblique.

Haut. 120 millim. Larg. 10 cent.

127 — Médaillon rond, la Cène, peinture en grisaille sur fond noir, les chairs légèrement teintées, rehaussée d'or.

Joli échantillon, d'un grand effet, par Jean Pénicaud III. Le contre-émail translucide laisse apercevoir le poinçon du maître.

Diam. 10 cent.

128 — Plaque oblongue, peinture coloriée, rehaussée d'or, sur fond bleu : joli portrait de Henri d'Albret, roi de Navarre, décoré de l'ordre de Saint-Michel, vêtu de noir et coiffé d'une toque ornée d'une plume blanche. Bel échantillon de Léonard Limosin. Il porte au bas, ce titre :

HENRY D'ALBRET. LL.,

et on voit au dos les deux LL et une fleur de lis au milieu.

Cité par M. de Laborde dans sa notice sur les émaux du Louvre, page 183.

Haut. 80 cent. Larg. 6 cent.

129 — Petit médaillon ovale : portrait de femme, en costume noir, à collerette blanche fraisée et coiffure noire à pointe sur le front, usitée au xvie siècle, sur fond d'émail bleu translucide, par Léonard Limosin.

130 — Plaque oblongue, peinture en grisaille sur fond noir, rehaussée d'or ; composition originale de dix personnages, sujet allégorique : l'Innocence traînée par l'Envie et la Calomnie devant le tribunal de l'Ignorance. Cette scène se passe sur la place Saint-Jean et Saint-Paul, à Venise. La statue équestre de Bartholomeo Coleoni s'aperçoit au fond de la place. Joli échantillon de Kip. Le contre-émail

translucide laisse apercevoir le poinçon du maître, étant un lion passant et les lettres IKP.

Cet émail, provenant de la collection Debruge, est cité par M. de Laborde dans sa notice sur les émaux du Louvre, page 241.

Larg. 11 cent. Haut. 85 millim.

131 — Médaillon rond, grisaille sur fond noir : l'Adoration des bergers, sujet finement peint et d'une jolie composition, par Kip. (Signé.)

Collection du baron Roger et cité par M. de Laborde, page 241.

Diam. 95 millim.

132 — Médaillon rond, grisaille sur fond noir ; effet de nuit ; le Christ sortant du saint Sépulcre entouré de guerriers romains. Joli échantillon, très-finement peint par Kip. (Signé.)

Diam. 75 millim.

133 — Médaillon rond, grisaille sur fond noir : effet de nuit ; la Mise au tombeau, le Christ entouré des saintes femmes, peint par Kip.

Provenant de la collection du baron Roger.

Diam. 8 cent.

134 — Quatre très-petits médaillons ronds, grisailles teintées sur fond noir : deux enfants, un cavalier et une femme, finement peints dans la manière de Pierre Raymond.

Collection Brunet-Denon.

Diam. 3 cent.

135 — Médaillon rond, peinture en grisaille sur fond noir : la Fuite en Égypte, bonne exécution dans la manière de Pierre Raymond.

Diam. 6 cent.

3

136 — Grand médaillon rond, tête laurée de Néron, profil à
droite, peinture en grisaille rehaussée d'or ; dans
un cadre orné d'émaux à vases et rinceaux à têtes
chimériques, peints en grisaille sur fond bleu
clair.

Diam. du médaillon seul 25 cent.

137 — Deux médaillons ronds : têtes de Diane et de Léda,
peintes en grisaille teintée, sur fond noir, dans la
manière de Léonard Limosin.

Diam. 25 cent.

138 — Deux médaillons ronds, têtes en regard : Marc-
Antoine et Cléopâtre, belle peinture en gri-
saille, finement rehaussée d'or, au monogramme
I. P.

Diam. 24 cent.

139 — Miroir de poche, de forme ovale ; au centre, un cavalier en costume romain, monté sur un cheval
blanc se détachant en relief ; bordure à feuillages,
fleurs et oiseaux. Belle peinture sur paillons, par
Suzanne Courtois ; dans une bordure en cuivre doré
et à oves.

Grand diam. 8 cent.

140 — Miroir de poche, de forme ovale ; au centre, près
d'un chasseur endormi, se tient une femme ; bordure à arabesques et mascarons. Jolie peinture coloriée et sur paillons, par Suzanne Courtois ; dans
une bordure en cuivre doré et à oves.

Grand diam. 8 cent.

141 — Six belles assiettes, grisaille sur fond noir rehaussée
d'or, à carnations teintées ; aux centres, divers épi-
sodes de la vie de Psyché, d'après Raphaël ; les

bords à rinceaux, cornes d'abondance et enfants; aux revers, des enroulements, arabesques et têtes de chérubins, par Pierre Raymond.

Seront vendues ensemble ou séparément, au gré des acquéreurs.

142 — Deux magnifiques assiettes, par Jehan Court, dit Vigier; peinture en grisaille sur fond noir, chairs teintées, quelques détails dorés : l'une, le Mois de février, personnages se chauffant, tournant le dos à une table servie; l'autre, le Mois de décembre, boulangers enfournant des pains; chacune d'elles ornée d'un blason et des signes du zodiaque. Les bords, ainsi que les revers, ornés d'enroulements, guirlandes de fruits, cariatides et mascarons.

Au revers de l'une, la marque du maître : J. C. D. V.

Collection Préaux.

Diam. 19 cent.

143 — Petit coffret carré en bois sculpté, à termes et cariatides dans les angles, orné autour de quatre plaques en émail de Limoges, grisaille légèrement teintée sur fond noir; sujets tirés de l'histoire de David, finement peints; que nous attribuons à Pénicaud III. Sur le couvercle, choc de cavalerie, bel ouvrage d'un artiste moderne.

Les quatre plaques de ce coffret sont citées par M. de Laborde, dans sa notice sur les émaux du Louvre, page 172, comme étant d'un maître signant C. Nous croyons que le signe que M. de Laborde a pu prendre pour un monogramme n'est autre qu'un croissant placé sur l'étendard d'un des cavaliers.

Long. 14 cent. Larg. 13 cent.

144 — Coffret orné de cinq plaques, grisaille sur fond noir, représentant des sujets de chasse et animaux, finement peints par Pierre Raymond en 1547; monté à cage en argent.

Provenant de la collection Caumarmont.

Long. 10 cent. Larg. 6 cent.

145 — Très-belle salière à balustre, grisaille sur fond noir, le piédouche orné d'un sujet de chasse, le balustre de Tritons et de Nymphes, et dans le fond du plateau une tête casquée; le tout finement peint par Pierre Raymond et portant ses initiales.

Cabinet Didier-Petit.

Haut. 10 cent.

146 — Jolie salière à large base, grisaille sur fond noir : Vénus sur un char traîné par des colombes et entouré d'Amours, et groupe de quatre personnages; le plateau orné au fond d'une tête laurée, le bord à enroulements, masques de lions et fruits. Au revers, l'inscription suivante, sur fond émail blanc : AVRVM. APERIT. OMNIA. VEL. ORCI. PORTAS, et les initiales de Pierre Raymond dorées.

Haut. 9 cent.

147 — Jolie salière de forme hexagone, en émaux de couleurs, représentant les travaux d'Hercule; les parties concaves sont ornées de têtes d'homme et de femme, à entourages de fleurs et feuillages.

Haut. 75 millim.

148 — Jolie petite salière de forme hexagone, ornée, sur chacune de ses faces et dans les parties concaves, de médaillons finement peints; têtes diverses, grisaille teintée sur fond noir et rehauts d'or.

Provenant de la vente Odiot.

Haut. 55 millim.

149. — Grande et belle coupe ronde de forme évasée et sur
piédouche, grisaille sur fond noir, les chairs coloriées; détails dorés. A l'intérieur, Vénus portée
sur des dauphins, entourée de Tritons et Naïades;
une colombe, voltigeant, lui annonce la présence
de son fils chez Psyché; l'extérieur et le piédouche
à beaux enroulements, mascarons, médaillons et
fruits. Attribuée à Pierre Raymond.

Diam. 256 millim.

150 — Jolie coupe ronde évasée, grisaille sur fond noir, rehaussée d'or. A l'intérieur, villageois dansant, au
centre d'un paysage; sur le premier plan, un pour-
ceau portant au nez un anneau d'or, près duquel,
dans un cartouche, l'inscription suivante : ORNA-
MENTVM AVREVM IN NARE PORCI. PROVER-
BIS XI.

A l'extérieur, de beaux enroulements, mascarons, médaillons et fruits. Sur le piédouche, un
blason et la date 1558, entre des têtes de chérubins et guirlandes de fruits. Attribuée à Pierre
Raymond.

Provenant du cabinet de M. Roy.

Diam. 23 cent.

151 — Jolie coupe ronde évasée, grisaille sur fond noir, rehaussée d'or. A l'intérieur, un paysage : homme
quittant son logis et oiseau voltigeant quittant ses
petits. Dans un cartouche, au pied d'un arbre,
l'inscription suivante :

SICVT AVIS DESERENS NIDVM
SIC EST VIR DESERENS
LOCVM SVVM. PROVERB. XXVII.

L'extérieur et le piédouche entièrement semblables à la précédente coupe, ayant le même blason et provenant du même cabinet.

Cette pièce, de même attribuée à Pierre Raymond, peut faire pendant au précédent numéro.

152 — Coupe ronde, grisaille teintée sur fond noir, et détails dorés. A l'intérieur, repas d'Énée et de Didon, jolie composition finement peinte par Pierre Raymond, en 1542. Le piédouche, à balustre, est d'un artiste moderne.

Diam. 20 cent.

153 — Très-joli hanap, grisaille rehaussée d'or, sur fond noir. La bordure du haut est ornée de quatre têtes à médaillons ; sur la panse, rinceau soutenu par deux enfants ; sur le culot, des mascarons et festons de lauriers. Piédouche et anse ornés de feuillages coloriés.

Haut. 19 cent.

154 — Magnifique hanap, grisaille teintée, sur fond noir, et ornements dorés. La bordure du haut est ornée de cinq jolis bustes en médaillons ; sur la panse, Jupiter et deux Amours dans des nuages, lançant des foudres ; le culot à têtes de chérubins et mascarons soutenant des festons de lauriers. Les boudins qui séparent les divers sujets sont émaillés en bleu turquoise. Sur le goulot se trouvent les deux lettres LL, sigle de Léonard Limosin, et le millésime de 1537.

Collection Odiot.

Haut. 18 cent.

155 — Aiguière, grisaille teintée, rehaussée d'or, sur fond
bleu clair. Sur le haut de la panse, ange mettant
en fuite des guerriers; sur le bas de la panse,
Moïse frappant le rocher. Cette pièce, traitée lar-
gement, peut être attribuée à Pierre Pénicaud.

Haut. totale 31 cent.

156 — Écritoire ronde, ornée d'Amours peints en grisaille
teintée sur fond noir, et à beaux ornements dorés;
l'extérieur orné de vases, de bouquets et festons
de fleurs; bord à tors de lauriers émaillés vert.
Monogramme PN (Pierre Nouailher).

Diam. 18 cent.

Verres de Venise.

157 — Coupe ronde à huit lobes, sur piédouche élevé et à
balustre, à mufles de lions et festons de fleurs
en relief et dorés.

Diam. 16 cent. Haut. 19 cent.

158 — Coupe ronde et sur piédouche, le culot imitant la
vannerie, et le balustre à mufles de lions et festons de fleurs.

Diam. 15 cent. Haut. 12 cent.

159 — Vase à une anse, à enroulements, à grosse panse sur-
baissée, ornée, ainsi que le piédouche, d'arêtes
dorées; goulot droit orné d'écailles émaillées de
couleurs variées sur fond or.

Haut. 19 cent*

160, — Vase de forme ovoïde, à godrons et bossettes carrées sur la panse, à goulot droit et évasé, et sur
piédouche, à côtes. Ce vase conserve encore quelques restes de dorure.

Haut. 21 cent.

161 — Gobelet sur piédouche, en verre de couleur enfumée, à serpents, rosaces et bossettes sur la panse.

Haut. 16 cent.

162 — Coupe ronde, de forme basse, évasée et sur piédouche, à côtes, en verre de couleur verte, et
quelques restes de dorure.

Diam. 19 cent. Haut. 9 cent.

163 — Gobelet rond évasé et sur piédouche en verre d'un
beau bleu, à fleurs dorées, rehaussées d'émaux de
couleurs variées; le culot orné de feuilles se détachant en rétombant.

Diam. 11 cent. Haut. 11 cent.

164 — Coupe ronde évasée et à deux anses ; la panse de
couleur verte et à bossettes; le bord en verre blanc,
à filets couleur paille, d'une grande finesse.

Diam. 10 cent. Haut. 7 cent.

165 — Très-petit vase, à grosse panse et piédouche, à
côtes, en relief, et goulot droit et évasé, en verre
violet, conservant des restes de dorure

Haut. 9 cent.

166 — Coupe ronde sur piédouche très-élevé et tordu, orné
de deux marguerites et quatre feuilles allongées
entièrement détachées et émaillées de couleurs
variées. Objet d'une belle conservation.

Haut. 23 cent.

167 — Jolie petite coupe ronde gaufrée ; le piédouche composé d'entrelacs, en verre tordu et à filets blancs,
se terminant par deux rosaces émaillées en bleu.

Haut. 13 cent.

168 — Deux petites burettes, à anses ornementées ; goulots
à trèfles et filets émaillés en bleu ; la panse à côtes,
et médaillons fleurdelisés en relief.

Haut. 13 cent.

169 — Coupe ronde et évasée ; culot à côtes en relief, surmonté d'un filet en émail gros bleu, et bord orné
d'émaux et de dorure.

Haut. 14 cent.

170 — Deux jolis flacons à deux anses, à ornements à jour,
et couvercles formant gobelets, en verre filigrané
blanc dè différentes façons et alternés.

Haut. 17 cent.

171 — Gobelet, de forme conique, sur piédouche à balustre, en verre filigrané très-fin et quadrillé.

Haut. 18 cent.

172 — Autre gobelet, en tout semblable au précédent.

173 — Coupe ronde, à culot demi-ovoïde, et piédouche à
nœud, en verre filigrané, à quadrilles.

Diam. 15 cent. Haut. 10 cent.

174 — Coupe ronde, évasée, sur piédouche à nœud, en
verre filigrané et quadrillé.

Diam. 17 cent. Haut. 8 cent.

175 — Coupe ronde évasée, sur piédouche très-bas, en
verre, à filets blancs mats en relief entrelacés,
à grandes mailles quadrillées.

Diam. 17 cent. Haut. 5 cent.

176 — Coupe ronde et profonde, en verre de couleur verte,
à bord doré et à écailles.

Diam. 15 cent.

177 — Grand plateau rond, à ombilic; le bord et le cordon
du centre à tors de lauriers dorés et émaux en
relief et coloriés.

Diam. 36 cent.

178 — Assiette concave, à trois bandes dorées et filets
blancs, entre lesquels des ornements, style du
xvie siècle, sont tracés à la pointe de diamant,
ainsi que les clefs de saint Pierre.

Diam. 27 cent.

179 — Assiette complètement semblable à la précédente.

180 — Plateau à filets émaillés bleu et blanc, et un autre
filigrané, entourant des bandes dorées; les parties
laissées libres sont gravées à la pointe de diamant,
à ornements du xvie siècle; au centre, le blason
du Saint-Père Léon X; armes des Médicis, surmontées de la tiare.

Diam. 18 cent.

181 — Flacon, de forme aplatie et à nœuds en relief, en
verre bleu.

Sculptures en Bois.

182 — Bois sculpté. Bas-relief de la plus grande finesse,
travail allemand du xvrᵉ siècle : Jésus-Christ présenté au peuple, par Pilate, d'après Albert Durer.
Cette importante et précieuse pièce provient de
la vente de Mˡˡᵉ Thévenin; elle lui avait été donnée
par M. le comte d'Artois, depuis Charles X.

Haut. 27 cent. Larg. 20 cent.

183 — Bois sculpté. Très-beau coffret oblong, orné de bas-
reliefs d'une grande finesse d'exécution et du
beau style du xviᵉ siècle. Au pourtour, l'histoire
de la Samaritaine, Samson chez Dalila. Aux extré-
mités, dans deux médaillons, Samson emportant
les portes, et Samson combattant les Philistins ;
huit pilastres ornementés forment les angles, et le
couvercle cintré est orné de quatre figures demi-
couchées, dans des médaillons.

Long. 20 cent. Haut. 12 cent.

184 — Bois sculpté. Deux petits médaillons, à bas-reliefs,
très-fins : buste d'homme barbu, profil à droite,
et buste de femme, profil à gauche, dans de riches
costumes du xviᵉ siècle.

Diam. 5 cent.

185 — Bois sculpté. Cuiller, dont le manche est orné de
figurines et du Christ à la croix, en ronde-bosse,
et le cuilleron à bas-reliefs, sujets saints; travail
allemand du xviᵉ siècle.

186 — Bois sculpté. Croix gréco-russe, contenant, dans dix
compartiments, des sujets saints repercés à jour;
travail d'une grande finesse.

Haut. 9 cent.

187 — Bois sculpté. Une cosse de pois, contenant à l'intérieur six pois ouvrants, ornés de bas-reliefs,
sujets saints, très-fins d'exécution; travail du
XVIe siècle.

188 — Bois sculpté. Petit buste de Charles VIII, revêtu
d'une pelisse et coiffé du mortier.

Haut. 10 cent.

189 — Bois sculpté. Statuette de jeune fille assise, vêtue
d'un manteau doré sur une robe rouge, et coiffée
d'un béguin en soie; travail du XVe siècle.
Collection du docteur Caumarmont.

Haut. 22 cent.

190 — Racine de bois sculpté. Écuelle ronde, dont le bec
est formé par un chien couché, sculpté en ronde-
bosse, surmonté d'une banderole, et à une anse
imitant la vannerie, soutenant une couronne
d'épines; à l'extérieur, une tête de prophète coiffé
d'un turban, entourée de bandes formant deux
carrés se croisant et portant des inscriptions.

Diam. 15 cent.

191 — Bois sculpté. Douze couteaux, dont les manches re-
présentent les douze apôtres, sculptés en ronde-
bosse.

Sculptures en Ivoire.

192 — Ivoire sculpté. Sainte Vierge assise dans une chaire,
tenant l'Enfant Jésus debout sur ses genoux;
travail italien très-fin du xve siècle.
Collection Sommesson.

Haut. 24 cent.

193 — Ivoire sculpté. Bas-relief rond, provenant d'un miroir du xive siècle : une Demoiselle couronne un
jeune homme à genoux, qui lui offre son cœur;
un écuyer tient la bride de deux chevaux, dont
on n'aperçoit que les têtes. Ce sujet est tiré du Ro-
man de la Rose de Jehan de Meung; les coins
sont ornés de chimères.
Collection Préaux.

Grandeur en tous sens 10 cent.

194 — Ivoire sculpté. Bas-relief rond, provenant d'un miroir du xive siècle : Sainte Catherine couronnée,
tenant une palme de la main droite; la gauche
appuyée sur l'instrument de son supplice; les
coins sont ornés de chimères et feuillages.
Collection Duguet.

Grandeur en tous sens 9 cent.

195 — Ivoire sculpté. Bas-relief carré, divisé en douze petits compartiments, ornés de sujets saints de la
plus grande finesse, tirés de la vie de Jésus-
Christ; travail du xive siècle.

Grandeur 6 cent.

196 — Ivoire sculpté. Peigne dont les frises qui séparent les deux rangées de dents sont ornées de six médaillons, représentant des scènes de la vie de Jésus-Christ.

197 — Ivoire sculpté. Peigne, dont la frise et les côtés encadrant les dents sont ornés de cariatides ailées, se terminant en rinceaux et dauphins ; au centre, dans un médaillon, un buste d'homme casqué ; le tout sculpté en ronde-bosse et repercé à jour.

Collection Préaux.

198 — Ivoire sculpté. Bas-relief appliqué sur fond d'albâtre : Portrait de Martin Luther, entouré d'une inscription ; la tête et les mains sont en ivoire ; le costume et les cheveux sont en bois noir.

199 — Ivoire sculpté. Bas-relief : Bacchanale d'enfants et jeune Satyre, repercé à jour, sur fond velours noir ; attribué à François Duquenois, dit le Flamand.

Long. 35 cent.

200 — Ivoire sculpté. Garde-note, en forme de trousse et à suspension, en ivoire gravé, à enroulements, et orné d'un riche blason et figurines sculptées en bas-relief ; travail allemand du xvie siècle.
Collection de M. de Saint-Pierre.

Haut. 28 cent.

201 — Ivoire sculpté. Gros grain de chapelet, sculpté en ronde-bosse, à trois têtes accolées : tête d'homme barbu et casqué, tête de jeune femme et une tête de mort laurée ; travail du xvie siècle.

Collection Préaux.

202 — Ivoire sculpté. Mortier et son pilon, entièrement recouvert d'enroulements, de figurines, de rinceaux
et d'animaux ; travail indien de la plus grande
finesse.

Haut. 15 cent.

Manuscrits.

203 — Manuscrit sur vélin, exécuté au xvie siècle. Reliure
moderne en velours rouge ; fermoirs en vermeil,
dans le style de l'époque.

Ce livre contient plusieurs offices, les Heures de
la Vierge et de la sainte Croix, la Passion de
Notre-Seigneur, extraite des quatre évangélistes,
et un grand nombre de prières. Il est enrichi de
douze grandes miniatures à pleine page et de
cent cinq petites encadrées dans le texte ; il est de
plus orné du portrait du personnage qui l'a fait
exécuter.

Collection Debruge.

204 — Manuscrit sur vélin exécuté vers le milieu du xve siècle. Reliure en veau, à compartiments, de l'époque
de Henri II.

Ce livre renferme le calendrier, le commencement des quatre Évangiles, un grand nombre
de psaumes et d'oraisons en latin ; il est terminé
par quelques prières en français. Son ornementation consiste en neuf miniatures embordurées et
en vignettes qui décorent la marge extérieure des
pages.

Collection Debruge.

205 — Petit livre d'Heures latines de la fin du xv⁰ siècle ;
manuscrit sur vélin, orné de miniatures et à
marges ornées, contenant plusieurs oraisons en
français.

206 — Trois messes pour orgue ; la troisième non terminée
s'arrêtant à l'*Agnus Dei.*

Ce manuscrit, dont on peut reporter l'exécution
au commencement du xvi⁰ siècle, a été exécuté
en Italie, et est enrichi d'une grande quantité de
dessins à la plume d'un style très-pur, et d'une
exécution si délicate, qu'on les prendrait pour de
fines gravures au burin. L'un des dessins est signé
D. N. C., et plus loin : L. K. Les initiales des pre-
miers mots du haut sont richement enjolivées.
Collection Debruge.

207 — Recueil d'armoiries. Cet album renferme soixante-
treize écus armoriés de différentes familles d'Allemagne, peints à la gouache.
Collection Debruge.

Grès de Flandre.

208 — Très-belle cruche en grès de Flandre, fond uni brun,
à une anse ; long goulot et bec en col de cygne,
rattaché à la gorge par une traverse se terminant
en forme de main ; la panse est ornée de quatre
médaillons, sujets divers, dans de beaux cartouches, à entrelacs, à mascarons, génies et inscription flamande ; sur le goulot un blason, et dans
un cuir le millésime de 1573.

Haut. 32 cent.

209. — Autre belle cruche en grès de Flandre, semblable à
la précédente ; sur la panse, l'histoire de la chaste
Suzanne, jolie composition enrichie de quantité
de personnages. Date de 1573.

Haut. 33 cent.

210 — Écritoire de forme carrée, en grès de Flandre, à inscriptions et ornements en relief, arabesques et
mufles de lions.

Larg. 18 cent.

211 — Gourde en forme de livre, en grès de Flandre, fond
gris, à fleurs et arabesques émaillées en bleu.

Larg. 18 cent.

4

TROISIÈME VACATION

Bijoux et Matières précieuses.

212 — Pendentif, très-beau bijou en or, émaillé en partie,
composé d'ornements de la plus grande finesse, à
volutes, enroulements, etc., ayant la forme d'un
lustre, et enrichi de perles fines et pierreries,
époque du xvi⁰ siècle.

213 — Croix en or émaillé, entourée de rubans enroulés
autour de branches d'épines. Au centre, des
deux côtés, peintures, sujets saints, en grisaille
finement rehaussée d'or, sur verre; époque du
xvi⁰ siècle.

214 — Médaillon de forme carrée, en émail translucide du
xv⁰ siècle, représentant, d'un côté, l'Annonciation, de l'autre l'Accouchement de la Sainte
Vierge; jolie composition de quantité de figures,
dans un cadre en argent, à moulures et étoiles.

215 — Médaillon rond en argent niellé, travail du xve siècle;
représentant, d'un côté, saint Jean prêchant, en-
touré d'anges; de l'autre, la Sainte Vierge et l'Enfant Jésus; dans un cadre en vermeil, à cannetille,
entouré d'un ruban.

216 — Très-petit triptyque en argent, contenant à l'intérieur la Crucifixion et les Saintes femmes, au
centre; et sur les volets, quatre saints personnages;
le tout en bois sculpté de la plus grande finesse;
travail allemand du xvie siècle.

217 — Petite cuiller, à cuilleron en buis, et manche en
vermeil, ciselé en relief, à beaux ornements du
xvie siècle, se terminant par une figurine de saint.

218 — Bague en or, modèle du xvie siècle, enrichie de
cinq diamants tables.

219 — Bague chevalière en or, à croix de Malte émaillée
en rouge sur fond blanc.

220 — Couteau et fourchette, à manches en argent, ornés
de médaillons, sujets saints finement gravés, et se
terminant par une croix en forme de lis découpé
à jour; très-beau travail du xvie siècle.

221 — Cuiller et couteau en vermeil, à manches émaillés de
la plus grande finesse, de couleurs variées, et à
trois médaillons de chaque côté. Époque Louis XIII.

222 — Cuiller dont le profond cuilleron et le manche, en
cornaline, sont rattachés par une longue virole à
nœud, en or champlevé et émaillé en noir.

223 — Couteau et fourchette à manches en cornaline, se terminant par une palmette gravée.

224 — Trois médaillons ovales en or repoussé: jeux d'Amours et d'enfants finement ciselés, dans un cadre en velours rouge.

225 — Belle miniature par Hall, portrait de femme ; montée sur une boîte ronde en vernis de Martin, vert transparent, et galonnée en or.

226 — Camée sur agate d'Allemagne à deux couches: Sainte Vierge drapée, gravure moderne d'un beau travail.

227 — Camée sur acier : cavalier romain casqué, combattant sur un cheval sans harnais; gravure d'une grande finesse.

228 — Petit vase en cristal de roche de forme ovoïde, la panse taillée à pans creux et à étoiles gravées; la partie haute et le culot à godrons cannelés; le goulot à quatre lobes ainsi que le piédouche se rattachent au corps du vase par des viroles en or émaillé. Travail du XVIᵉ siècle.

Haut. 14 cent.

229 — Petit vase en cristal de roche à panse ronde, gravée à paysage et figurines; goulot évasé de forme hexagone et à anse mouvante taillée à torsade, ornée à sa partie supérieure d'une belle virole en or, à ornements émaillés du XVIᵉ siècle.

Haut. 6 cent.

230 — Gobelet en cristal de roche très-pur, taillé à pans coupés.

Haut. 9 cent.

231 — Agate orientale blonde : vase de forme sphéroïdale, finement évidé à l'intérieur, et feuilles gravées en haut-relief sur la panse ; goulot rond et évasé, et piédouche à six lobes. Travail oriental.

Collection Debruge.

Haut. 9 cent.

232 — Coupe ronde en jade vert, à ornements incrustés en or et enrichie de pierres fines, travail oriental ; montée sur piédouche en vermeil ciselé et émaillé, à beaux ornements style du XVIᵉ siècle, et à anses cariatides de femmes ciselées, travail moderne.

Diam. 135 millim. Haut. 125 millim.

233 — Deux flambeaux en argent ornés de médaillons à bustes, mascarons et ornements style et de l'époque de Boule.

234 — Jolie figurine en argent : Niobé accroupie, finement ciselée ; sur socle rond en porphyre rouge oriental, à moulures en bronze doré.

Haut. de la figure 13 cent.

Objets divers.

235 — Six belles miniatures coloriées, attribuées à Clouet, dit Janet : portraits en pied de Henri II, Catherine de Médicis, Charles IX, le duc d'Alençon et la reine Marguerite, première femme de Henri IV, en beaux costumes de l'époque.

Cette rare et précieuse réunion, peinte sur vélin, provient de la vente de M. Auguste, pensionnaire de l'Académie de Rome.

Haut. 15 cent. Larg. 95 millim.

236 — Six médaillons ovales : portraits de femmes en riches
costumes du XVIᵉ siècle, modelés en cire coloriée;
dans des cadres en bois sculpté et doré. Réunion
très-curieuse et d'une bonne conservation.

237 — Bas-relief sur pierre lithographique : deux porteurs
de torches, faisant partie de la suite des douze
danseurs de noce, d'Aldegrave.

A l'angle de droite, écusson carré au monogramme de ce maître et au millésime de 1538.

Larg. 7 cent. Haut. 13 cent.

238 — Grande et belle tapisserie de Flandre, rehaussée
d'or, représentant l'adoration des Rois Mages,
très-jolie composition dont les nombreux personnages portent les riches costumes du XVᵉ siècle ; en-
cadrée d'une bordure de feuilles et de fruits.
D'une bonne conservation.

Collection Baron.

Larg. 2 m. 90 cent.

239 — Bas-relief de forme carrée en fer repoussé, ciselé et
damasquiné or : Mars et Vénus surpris par Vulcain.
Ce sujet est dans un beau cartouche de forme
ovale supporté par des animaux chimériques, et
surmonté de figures de génies, de faunes, et mascarons soutenant des draperies et guirlandes de
fruits. Beau travail italien du XVIᵉ siècle.

Collection Debruge.

Haut. 31 cent. Larg. 25 cent.

240 — Plateau ovale en acier, entièrement couvert de beaux
ornements à médaillons, vases, fleurs et oiseaux,
et rinceaux d'une grande finesse, richement damas-
quinés en or. Magnifique travail italien du XVIᵉ siècle.

Grand diam. 26 cent.

241 — Aiguière d'une forme très-gracieuse, en bronze, à panse ovoïde, goulot à trèfle et anse se terminant par des enroulements; enrichie d'ornements ciselés en relief et argentés en partie, dans le style arabe. Beau travail vénitien du xvie siècle.

Haut. 29 cent.

242 — Grand plateau rond en cuivre champlevé et richement orné de génies ailés, de dauphins, d'oiseaux et d'enroulements dans le goût arabe. Beau travail italien du xvie siècle.

Diam. 50 cent.

243 — Saint ciboire en cuivre émaillé, fond gros bleu à fleurs de lis et rinceaux dorés; le piédouche et le nœud émaillés en vert et blanc, rehaussés d'or. Travail vénitien du xvie siècle.

Haut. 20 cent,

244 — Étrier en cuivre, entièrement recouvert de beaux ornements ciselés en relief, à cartouches à figurines, figures chimériques, mascarons et enroulements de la plus belle époque du xvie siècle.

245 — Deux grands flambeaux en étain; les piédouches ornés de médaillons représentant les quatre saisons; les colonnes ornées de beaux mascarons, palmettes et fruits. Composition très-riche et d'une grande finesse d'exécution, par François Briot. Ce sont les seuls flambeaux de cette importance connus de ce maître.

Haut. 33 cent..

246 — Vidrecome en étain, de Briot, orné de médaillons allégoriques, mascarons et fruits; anse à cariatide de femme.

Haut. 17 cent.

247 — Joli petit coffret en laque usé très-fin du Japon, supporté par une petite table à quatre pieds ; le coffret se compose de trois pièces, dont une renferme
quatre petites boîtes, et la dernière sert de recou-
vrement.

248 — Lanterne portative, de forme carrée se terminant
en pyramide, en cuivre gravé et doré ; trophées
d'armes et rinceaux. Travail allemand du xvie siècle.

249 — Petit coffret carré en écaille, à couvercle cintré,
monté en cuivre doré, à écoinçons ornementés et
repercés à jour. Époque Louis XIII.

250 — Petite pendule portative, en forme de vase aplati,
en bronze doré et ornements gravés à fleurons
dans des losanges. Époque de Boule.

251 — Très-ancienne mosaïque de Rome : tête de la Sainte
Vierge.

Haut. 29 cent. Larg. 24 cent.

252 — Grande miniature sur vélin : l'Annonciation, provenant d'un manuscrit de plain-chant.

253 — Très-joli pupitre en ébène incrusté d'ivoire ; cartouches et médaillons de sujets divers, rinceaux et animaux chimériques gravés.

Larg. 47 cent.

254 — Petit guéridon rond en bois d'acajou, à colonne
cannelée et à trépied à griffes de lion ; tablette
en mosaïque de Florence, de matières diverses ; au
centre, trois papillons de couleurs variées sur fond
noir.

Diam. 46 cent.

255 — Grand et beau meuble en bois sculpté, à deux corps
superposés, contenant quantité de tiroirs, orné de
bustes, de figurines et groupes travaillés en ronde-
bosse et ornant les coins, frises et boutons.
Larg. 1 m. 75 c. Haut. totale 2 m. 30 cent.

256 — Meuble en bois noir, à une porte, à panneaux en
glace ; formant montre.
Larg. 1 mètre. Haut. 1 m. 68 cent.

257 — Deux grands meubles à hauteur d'appui, en bois
noir, à étagères et à trois portes en glace chacun.
Long. 2 mètres.

Fers ciselés.

258 — Belle serrure de bahut ornée de cariatides, de figures chimériques et d'oiseaux ciselés en relief et
dorés en partie ; elle porte, dans un cartouche, la
date de 1573 ; sa clef est formée de deux figures
chimériques barbues et ailées soutenant un mascaron surmonté d'un vase ; le tout en acier sculpté
en ronde-bosse et à jour.
Collection Irisson.

259 — Targette en fer à blason en relief, surmonté d'une
couronne fleurdelisée ; au centre du blason des
fleurs de lis et les armes des Médicis ; au bas un
médaillon entouré d'une inscription. Provenant
du château d'Écouen.

260 — Targette en fer de forme oblongue, à cariatides et
rinceaux en relief ; au centre, buste d'homme
casqué, en ronde bosse. Provenant du château
d'Écouen.

261 — Tête de clef, composée en bas de quatre petites cariatides enfermant quatre écussons en forme de
fleurs de lis ; au-dessus, les quatre angles formés
de huit cariatides soutenant un chapiteau surmonté
d'un dôme orné de coquilles et de volutes ; le tout
finement ciselé et repercé à jour. **Travail du
xvɪᵉ siècle.**

262 — Belle clef en acier gravé, à chiffres entrelacés, surmontés d'une couronne princière fleurdelisée.

263 — Belle clef en acier gravé, balustre cannelé, **le haut à**
entrelacs et génies repercés à jour, soutenant la
couronne royale de France.

264 — Belle clef en acier gravé, et balustre à ornements
champlevés ; le haut à rinceaux et entrelacs repercés à jour.

265 — Petite clef en acier, à ornements repercés **à jour, et**
surmontée d'une couronne fleurdelisée.

266 — Belle console en fer de forme carrée, à supports à
volutes, ornements et mascarons cisclés, et entre-
deux à festons de feuillages.

267 — Deux candelabres en fer repoussé et ciselé ; **le bas**
à trépied entouré de rosaces gravées ; le corps
composé d'ornements en forme de tulipe, d'où
s'échappent quatre branches à feuillages supportant les lumières.

268 — Une paire de chenets supportés par deux griffes s'appuyant sur des boules et composés de sphères dé-
coupées à jour, surmontées de boutons formés de
cinq linéaments en spirales.

Armes.

269 — Grande et belle pertuisane à croissant, entièrement gravée à figures de chevaliers, et ornements divers.

270 — Épée, dont la poignée est en fer ciselé en relief à figures et ornements, et le pommeau orné de têtes de béliers, et mascarons.

271 — Épée dont la poignée, le pommeau, les croisillons, etc., sont à dauphins en fer ciselé en relief et repercé à jour ; lame allemande cannelée au nom de Henry Dinger.

272 — Épée d'estoc, poignée à corbeille, croisillon droit et sous-garde formée par deux coquilles.

273 — Épée d'estoc, poignée en fer, corbeille facettée, croisillon droit ; la lame porte le nom de Ludovic Fontana, à Milan.

274 — Épée de combat de chevalier, poignée unie à corbeille, croisillons courbés, et lame droite pointue et à deux tranchants.

275 — Épée de combat de chevalier, poignée unie, corbeille et croisillons recourbés, et lame droite à deux tranchants.

276 — Masse d'armes à hampe en fer ciselé à feuillages en relief.

277 — Masse d'armes à hampe en fer bleui et feuillages dorés.

278 — Casque saxon en acier bleui, à médaillons de chevaliers et à bandes finement gravées et dorées.

279 — Casque saxon, en tout semblable au précédent.

280 — Bouclier rond en bois laqué noir ; au centre des chevaliers prêtant serment ; peinture en grisaille rehaussée d'or.

281 — Bouclier rond en bois laqué noir ; au centre un médaillon : Curtius défendant le passage au pont du Tibre ; peinture en grisaille rehaussée d'or.

Vitraux.

282 — Très-grand vitrail, émaillé de belles couleurs variées : anges sonnant de la trompette, surmontés de chérubins et du Saint-Esprit, sous un portique à colonnes richement ornementées. Pièce capitale.

283 — Grand vitrail : au centre, personnages agenouillés devant un souverain ; près d'eux, un homme armé d'un glaive. Pièce rare émaillée de belles couleurs, rouge, violet et autres.

284 — L'entourage du vitrail ci-dessus, composé de treize vitraux dont un à blason fleurdelisé, les autres peints en grisaille et ornés de petits bustes.

285 — Deux battants de croisée, composés de vitraux, dont deux grands à ornements du xvie siècle, grisaille teintée ; quatre médaillons ronds à bustes et deux de forme octogone, sujets tirés de la vie de Joseph.

286 — Deux autres battants de croisée, composés de deux vitraux ornementés comme les précédents, et de six vitraux ronds finement peints et émaillés de couleurs variées, dont trois à combats et un à blason. Millésimes de 1663 et de 1671.

287 — Croisée à deux battants contenant quatorze petits vitraux ronds peints en grisaille rehaussée de jaune, dont deux à sujets et douze ornés de petits bustes.

288 — Croisée composée d'un grand vitrail à ornements bizarres du xvie siècle. Peinture en grisaille rehaussée de jaune.

289 — Croisée contenant dix vitraux ronds, dont quatre à bustes, deux à sujets divers finement émaillés de couleurs variées, et quatre à peintures en grisaille.

290 — Vitrail orné d'un chevalier debout, armé de toutes pièces et portant bannière.

291 — Autre vitrail, semblable au précédent et de mêmes dimensions.

292 — Chevalier armé de toutes pièces, coiffé d'un casque à plumés et portant bannière.

293 — Chevalier armé de toutes pièces, portant bannière.

294 — Six frises ornées chacune de trois vitraux ronds, médaillons à bustes, peints en grisaille et de couleurs variées.

295 — Deux vitraux : saintes femmes vues à mi-corps et
émaillées de belles couleurs variées.

296 — Deux vitraux carrés, grisaille teintée : Adam et Ève.

297 — Deux vitraux de forme oblongue : femmes assises.
Peinture au bistre.

298 — Deux vitraux carrés, grisaille rehaussée de jaune :
l'Adoration des Rois Mages et Jésus présenté au
peuple par Pilate.

299 — Deux vitraux, grisaille rehaussée de jaune et de brun :
festins divers.

300 — Deux vitraux peints en grisaille : l'un à blason, l'autre à paysage.

301 — Deux vitraux, grisaille teintée : la Mise au tombeau
et l'Entrée dans l'arche de Noé.

302 — Deux vitraux ronds, peints à blasons.

303 — Deux vitraux ronds, à paysages.

304 — Deux vitraux ronds, peints en grisaille : petits bustes.

305 — Six vitraux à sujets saints. (Seront vendus séparément.)

Terres cuites.

306 — Deux bas-reliefs carrés-longs : bacchanales d'enfants, belle composition et beau travail par Clo-
dion.

Long. 75 c. Haut. 23.

307 — Deux autres bas-reliefs : sujets semblables aux précédents et exécutés par le même maître.

Long. 38 cent. Haut. 23.

308 — Deux petits bustes de jeunes filles, par Marin, sur
petits fûts de colonnes en marbre vert de mer.

309 — Deux groupes de chevaux, de Tritons et de Naïades.

310 — Statuette en terre cuite : Bacchante debout, tenant
une aiguière au-dessus de sa tête.

Haut. 42 cent.

Porcelaines de Sèvres et autres.

311 — Trois pièces : sucrier, pot à crème et tasse de forme
droite, en porcelaine de Sèvres, pâte tendre, anciens décors, fond gros bleu ; les bords sont ornés
de rinceaux à émaux en relief de couleurs variées, d'un bel effet.

312 — Déjeuner, composé d'un plateau ovale et à contours,
d'un sucrier et d'une tasse de forme arrondie, en
porcelaine de Sèvres, pâte tendre, anciens décors,
fond à œils de perdrix bleu turquoise, bords à
rinceaux d'or et à roses et muguets émaillés de
couleurs variées.

313 — Écuelle en porcelaine de Sèvres, pâte tendre, anciens
décors, à beaux médaillons à oiseaux, le fond
blanc orné d'un quadrillage rouge, encadrant des
bleuets ; le tout richement rehaussé d'or.

314 — Très-grande tasse de forme droite, en porcelaine
tendre, anciens décors, fond bleu de Vincennes, à
médaillons à oiseaux et beaux encadrements
dorés.

315 — Bourdaloue de forme ovale aplatie et à une anse, en
porcelaine de Sèvres tendre, anciens décors, fond
gros bleu à médaillons paysages ; richement rehaussé d'or.

316 — Tasse de forme droite en porcelaine de Sèvres tendre,
anciens décors, fond gros bleu à beaux ornements
dorés et à beaux médaillons : sujets champêtres à
figures de femme et d'enfant, assis près de gerbes
de blé. Qualité magnifique.

317 — Tasse de forme droite en porcelaine de Sèvres, pâte
tendre, anciens décors, fond gros bleu, à belles
bordures dorées et à médaillons ornés de roses et
de sujets de chasse finement peints.

318 — Grand et joli plateau en forme de losange et anses à
nœuds, en porcelaine de Sèvres, pâte tendre, anciens décors, fond bleu d'empois, bord et centre
ornés de belles guirlandes de roses, et très-riche-
ment rehaussé de beaux ornements en or.

319 — Tasse forme droite en porcelaine de Sèvres, pâte
tendre, anciens décors, fond à œils de perdrix
violacé, et à médaillons à couronnes de roses.

320 — Tasse modèle cul-de-poule, en porcelaine de Sèvres,
pâte tendre, anciens décors, fond blanc, modèle dit
feuilles de choux, à guirlande e bouquets de
fleurs émaillés.

5

321 — Tasse modèle cul-de-poule, porcelaine de Sèvres tendre, fond blanc, à filets bleu et bouquets de fleurs
émaillés.

322 — Théière, forme basse, en Sèvres tendre, fond blanc,
modèle dit feuilles de choux, à guirlandes et bouquets de fleurs émaillés.

323 — Sucrier de forme arrondie en Sèvres tendre, fond
blanc, à quadrillages en feuilles vertes, et rosaces
décorées rouge et bleu; le tout rehaussé d'or.

324 — Pot à crème à trois pieds, en Sèvres tendre, fond
blanc, et paysages en camaïeu rouge.

325 — Écuelle en Sèvres tendre, fond blanc, et festons de
fleurs en camaïeu bleu.

326 — Tasse trembleuse en porcelaine d'ancien Saxe, fond
blanc, bords gaufrés, et bouquets de fleurs émaillés.

327 — Deux grands vases en porcelaine de Chine, à manda-
rins, montés en bronze doré et posés sur des
gaînes en bois noir à filets dorés.
Haut. des vases 75 cent.

QUATRIÈME VACATION

Le Jeudi 24 Mars 1859.

N. B. On commencera à une heure précise par les Médailles.

Bronzes antiques.

328 — Petite applique, bronze étrusque : Hercule combattant la reine des amazones ; entre les deux figures, un masque de Satyre.

329 — Poignée de porte, bronze antique romain, belle patine, et un marteau de porte forme ronde ; le marteau, formé d'un anneau mouvant, au centre duquel se trouve un buste de Bacchante en ronde-bosse. Ces deux belles pièces proviennent de Pompéi.
Collection Reville.

330 — Manche de spéculum strié, terminé par une jolie tête d'enfant dont les yeux sont d'un autre métal.
Long. 15 cent.

331 — Statuette : jeune femme assise, tenant de sa main droite une corne d'abondance; bronze très-fin et d'une jolie patine.

Haut. 6 cent.

332 — Jolie petite statuette : Satyre assis, tenant des fruits de son bras droit.

Haut. 4 cent.

333 — Statuette : Bacchus debout, couvert d'une peau de tigre, tient un thyrse de sa main droite, et de l'autre une outre ; sur petit fût de colonne en porphyre, et soubassement en jaune antique.

Haut. totale, 14 cent.

334 — Anse, fragment d'une belle patine terminé par une tête de femme, en bas-relief, vue de face.

335 — Anse dont les bras sont formés par des cols et têtes de cigognes.

336 — Petit buste de femme, ayant comme ornement de tête les insignes d'Isis.

337 — Deux pièces : un doigt provenant d'une statue, et une bague formée d'un serpent.

338 — Aiguière à grosse panse et à piédouche ornés de godrons, le goulot et le corps du vase enrichis de feuilles de lierre et de beaux rinceaux à damasquinures en argent; l'anse est formée d'un serpent.

339 — Aiguière à panse ovoïde d'après l'antique; l'anse est formée d'un oiseau à long bec, et le goulot surmonté de l'aigle romaine.

340 — Aiguière à panse ovoïde, goulot à trèfle, et anse formée par une tête et pattes de tigre se terminant
par une tête d'enfant.

341 — Lampe à colonne cannelée et à trépied formé de
serres d'aigle, en bronze antique.

Terres cuites antiques.

342 — Rhyton, à tête de dragon, en terre cuite.

343 — Petit cheval au galop, dont la tête est de la plus
grande finesse.

Long. totale 20 cent.

344 — Deux harpies en terre cuite.

345 — Torse d'homme d'un beau modelé recouvert d'une
peau de bouc.

Hant. 17 cent.

346 — Joli vase en terre de Nola, d'un beau vernis noir, à
panse ovoïde et à deux anses.

Haut. 22 cent.

347 — Cinq petites pièces en terre de Nola, aiguière, coupes
et tasse à deux anses. Seront vendues séparément.

348 — Trois pièces en terre cuite : un petit vase de forme
allongée, une figurine d'enfant debout et drapé, e t
une lampe à anse ornée de cygnes et palmettes.

349 — Quatorze divinités et amulettes antiques égyptiennes
en terre émaillée bleu turquoise; objets de la plus
grande finesse qui seront vendus séparément.

Verres antiques.

350 — Petit vase à grosse panse en verre bleu opaque et
chevronné de couleurs variées, goulot droit et à
deux petites anses émaillées en jaune.
Collection Préaux.

351 — Petit vase, forme dite Médicis, en verre opaque bleu
clair, chevronné blanc et jaune, et à trois petites
anses en bleu debout sur la panse.
Collection Préaux.

352 — Vase à panse sphérique, col long et étroit, à une
anse, et goulot en col de cygne en beau verre
irisé.
Haut. 18 cent.

353 — Vase à panse conoïde et à très-long goulot, en verre
blanc irisé.
Haut. 20 cent.

354 — Lacrymatoire en verre blanc irisé.

Argent et Bijoux antiques.

355 — Petite coupe en argent, travail antique, à deux anses
se terminant par des masques de Satyre.
Diam. 10 cent.

356 — Petit collier composé d'ornements en or et d'amulettes en terre émaillée. Travail antique.

357 — Trois pièces antiques : petit lacrymatoire en cristal
de roche et deux bagues en or.

Médailles grecques.

358. **Calabre Tarente.** ΤΑΡΑΣ. Taras sur un dauphin. ℞. ΔΙ. ΦΙΛΩΤΑΣ. Cavalier tenant une couronne. AR. 5.

359. **Sicile, Syracuse.** ΣVΡΑΚΟΣΙΩΝ. Tête de Proserpine entourée de quatre poissons ; sous la tête, ΕVΑΙΝΕ. ℞. figure dans un quadrige ; dessous, des armes. AR. 12.

360. — — Même type ; derrière la tête, une coquille. AR. 12.

361. **Roi de Sicile, Gelon.** Tête diadémée du roi. ℞. ΣVΡΑΚΟΣΙΟΙ ΓΕΛΟΝΟΣ ΒΑ. Bige. AR. 5.

362. **Agatocles.** — ΚΟΡΑΣ. Tête de Cérès couronnée d'épis. ℞. ΑΓΑΤΟΚΛΕΙΟΣ. Victoire debout érigeant un trophée, triquetra. AR. 7.

363. **Reine de Sicile, Philistis.** Tête de la reine voilée ; derrière, étoile. ℞. ΒΑΣΙΛΙΣΣΑΣ ΦΙΛΙΣΤΙΔΟΣ. Victoire conduisant un quadrige ; dessous, étoile. AR. 7.

364. **Roi de Thrace, Lysimaque.** Tête de Lysimaque diadémée. ℞. ΒΑΣΙΛΕΟΣ ΛVΣΙΜΑΧΟV. Pallas assise, appuyée sur un bouclier. AR. 9.

365. — — Même type ; au revers, deux monogrammes. AR. AR. 9.

366. **Roi de Macédoine, Philippe II.** Tête de Jupiter. ℞. ΦΙΛΙΠΠΟV. Cavalier. AR. 6.

367. — **Alexandre III.** Tête d'Hercule coiffée de la peau du lion ℞. ΑΛΕΞΑΝΔΡΟV. Jupiter Aetophore assis. AR. 9.

368. — — Même type ; dans le champ, deux monogrammes. AR. 5.

369. — **Philippe III.** Tête d'Hercule jeune. ℞. ΦΙΛΙΠΠΟV. Jupiter Aetophore assis ; sous le siége, Σ ; devant N. AR. .

370. — — Tête jeune, imberbe, ceinte du diadème. ℞. ΦΙΛΙΠ-
ΠΟΥ. Cavalier; dessous le cheval, une massue. AR. 3.

371. **Persée.** Tête du roi. ℞. ΒΑΣΙΛΕΩΣ ΠΕΡΣΕΩΣ. Aigle
sur un foudre et 3 monogrammes; le tout dans une couronne de chêne. AR. 9.

372. **Thessalie, Pharsale.** Tête casquée de Pallas. ℞.
Tête de cheval. ΦΑΡΣ. AR. 2.

373. — **Larissa.** Tête de femme, cheveux retroussés et rete-
nus par un bandeau. ℞. ΛΑΡΙΣΣΑΙΑ. Cheval libre au
galop. AR. 5.

374. **Thessalie** in genere. Tête de Jupiter. ℞. ΘΕΣΣΑΛΩΝ
ΙΠΠΟΛΟΥ. Pallas combattant. AR. 5.

375. **Roi d'Epire, Pyrrhus.** Tête imberbe casquée, le
casque orné d'un griffon. ℞. ΠΥΡΡΟΥ. Thétis sur un hip-
pocambe apportant des armes à Achille. AR. 7.

376. **Bœotie, Thèbes.** Bouclier béotien. ℞. ΘΕΒ. Vase à
deux anses. AR. 3.

377. — — Type semblable. AR. 6.

378. **Attique, Athènes.** Tête de Minerve. ℞. ΛΘΕ.
Chouette. AR. 7. 2 pièces, une semblable fourrée; en tout,
trois pièces.

379. — Tête de Minerve, sur le casque un griffon. ℞. ΑΘΕ.
ΕΠΙ. ΜΟΣΚΙΓΕΝΗ ΣΟΣΑΝΔΡΟΣ. Chouette sur un vase
renversé; à côté, aigle sur un foudre. AR. 8.

380. **Elide, Elis.** Tête de Junon avec un large diadème. ℞.
FA. Foudre. AR. 7.

381. **Argolide, Argos.** Partie antérieure de loup. ℞. A
accosté de deux E. Un oiseau sur la harpe; le tout dans
un carré creux. AR. 3.

382. **Arcadie.** ΑΡΚΑ. Tête de femme, à droite, dans un carré creux. ℞. Jupiter Aetophore assis. AR. 3.

383. **Crête, Cnossus.** Tête de femme coiffée d'une tiare. ℞. ΚΝΟΣΙ. Labyrinthe; dans le champ les lettres A P. AR. 5.

384. **Ionie, Éphèse.** Tête de Diane. ℞. ΕΦ ΣΟΠΥΡΙΩΝ Partie antérieure de cerf; dans le champ une petite abeille. AR.

385. — — (Cistophore). Ciste mystique entr'ouverte de laquelle sort un serpent; le tout au milieu d'une couronne de lierre. ℞. ΕΦΕ. Deux serpents enlacés autour d'un carquois; dans le champ, buste de Diane d'Éphèse et la lettre B. AR. 8.

386. **Roi de Syrie. Antiochus VI.** Tête radiée et diadémée d'Antiochus VI à droite. ℞. ΒΑΣΙΛΕΩΣ. ΑΝΤΙΟΧΟΥ. ΕΠΙΦΑΝΟΥΣ ΔΙΟΝΥΣΟΥ. ΦΞΡ. (an 169). Les Dioscures à cheval armés de la haste. ΣΤΑ ΤΡV. Le tout au milieu d'une couronne de laurier. AR. 9.

Médailles françaises.

387. **Charles le Téméraire.** Buste à droite. DVX CAROLVS BVRGVNDVS. ℞. *Je l'ai empreins bien en Avignone.* Bélier entre deux briquets. Æ. 4 c.

388. **Antoine.** Tête à droite. ANTHONIVS. B. DE BVRGVNDI. ℞. Une bannière sur laquelle on voit un chardon. *Nul ne s'y frote.* Æ. 4.

389. **Charles-Quint.** Buste lauré à droite. IMP. C. CAROLVS V. AVG. Buste lauré à droite. ℞. S. P. Q. MEDIOL. OPTIMO. PRINCIPI. La piété assise; à l'exergue : PIETAS. AR. 3 c.

390. — INP. CAES. CAROLVS V. AVG. Buste lauré de l'empereur. ℞. DIVA. ISABELLA. CAROLI. V. VX. Buste de trois quarts d'Isabelle. AR. Dorée. 4 1/2 c.

391. **Philippe de Valois.** PHILIPPVS. SEXTVS. FRANCORVM. REX. Buste habillé et couronné du roi. ℞. BLANCA. P. REGIS. NAVARRAE. FILIA. Buste couronné de la reine. AR. 5 1/2.

392. **Charles-Quint.** INP. CAROLVS. V. AVG. Buste lauré de l'empereur avec paludamentum. Sans revers. Æ. 10.

393. **Philippe II** et sa femme. REX BOHE. Bustes accolés de Philippe II et sa femme. Sans revers. Æ. 4 c.

394. **Louis XII.** Buste à droite du roi, coiffé d'un mortier, orné d'une couronne de fleurs-de-lis, portant le collier de Saint-Michel. FELICE LVDOVICO. REGNANTE DVODECIMO. CAESARE. ALTERO. GAVDET. OMNIS NACIO. Champ orné de fleurs-de-lis ; à l'exergue, un lion. ℞. Buste à gauche d'Anne de Bretagne, coiffée d'un voile sur lequel est posée une couronne royale. LVGDVN. REPVBLICA. GAVDETE. BIS. ANNA. REGNANTE BENIGNE. SIC. FVI. CONFLATA. 1499. Champ semé de fleurs-de-lis à gauche, d'hermines à droite; exergue, un lion. Æ. 11 c.

395. **François Ier.** FRANCISCVS I. FRANCORVM. REX. Tête à gauche couronnée de laurier, devant un sceptre. ℞. DEVICIT. FORTVNAM VIRTVTE. François Ier à cheval, vêtu à l'antique, tenant une massue dont il menace la Fortune renversée ; derrière le cheval, globe et gouvernail; à l'exergue. BEVENV. F. (Il n'existe de cette médaille de Benvenuto Cellini, qu'un autre exemplaire qui se trouve à la Bibliothèque impériale et qui est bien inférieur à celui-ci pour la conservation). Æ. 4 c.

396. — Buste à gauche, coiffé du mortier et portant le collier de l'ordre de Saint-Michel. FRANCISCVS. I. CHRISTIANISMVS. REX. FRANCOR. ℞. Une salamandre au milieu des flammes. NVRISCO. EXTINGO. Au-dessus, couronne royale non fermée. Æ. 5 c.

397. Henri II. Buste à droite couronné de lauriers, revêtu de son armure. HENRICVS. GALLIARVM. REX. INVICTISS. P. P. ℞. Un char traîné par quatre chevaux où sont assises l'Abondance et la Victoire ; sur le devant, la Renommée embouche une trompette ornée d'une banderolle aux armes de France. OB. RES. IN ITAL. GERM. ET GAL. FORTITER. AC. FELIC. GESTAS. A l'exergue : EX. VOTO PVBLICO. 1552. Æ. 5 1/2 c.

398. — Tête nue à gauche. FRANCORVM. REX. HENRICVS. ℞. Persée délivrant Andromède. ΟΑΟΣ. ΑΓΟ. ΜΗΧΑΝΗΣ. Æ. 5. **Catherine.** Tête à droite. CATHAR. HEN. II. VXOR. FRAN. II. CAROL. IX. ET HENR. III. REG. GAL. MATER. PIIS. ℞. Buste de François II, Charles IX, Henri III. FRANCIS. II. CAROL. IX. REGES. GALL. HENRIC. III. GALL. ET. POL. REX. Æ. 5 1/2 c.

399. Diane de Poitiers. DIANA. DVX. VALENTINORVM. CLARISSIMA. Buste à gauche. ℞. ORITVR ET LACTE VIRESCIT. Marie de Médicis en Junon, ayant auprès d'elle un paon, fait jaillir de son sein du lait sur un lis qui vient d'éclore ; en face de la reine, l'Abondance couchée. Æ. 5 c.

400. Henri IV. Buste à droite en Hercule, coiffé de la peau du lion ; à l'exergue : G. D. F. (Georges Dupré fecit). HENRI. III. GAL. ET. NAV. REX. CHRIST. ℞. Buste de Gabrielle d'Estrée, duchesse de Beaufort. GAB. DES. TREZ. DVC. DE. BEAVFORT. Exergue, 1597. Æ. 5 c.

401. — HENRICVS. IV. D. G. FRAN. ET. NA. REX. Buste à droite couronné de lauriers, avec son armure. ℞. Le soleil dissipant les nuages ; en bas, un paysan conduisant une charrue. DISCVTIT VT COELO PHOEBVS PAX NVBILA TERRIS Æ. 5.

402. Henri IV et Marie de Médicis. Bustes accolés du roi et de la reine. HENR. IIII. CHRIST. MARIA. AVGVSTA. A l'exergue : G. D. FECIT, 1603. ℞. Henri IV, en costume de guerrier antique, donne la main à Marie de Médicis revêtue des attributs de Minerve ; entre eux, leur fils pose le pied sur un dauphin et s'efforce de poser sur sa tête le lourd casque de son père; près de lui est un grand bouclier; un aigle descendant du ciel apporte au-dessus de la tête du dauphin une couronne non fermée. Argent doré. c 7.

403. — Même type. AR. c 7.

404. Marie de Médicis. Buste à gauche, la couronne sur la tête. MARIA. DEI. GRA. FRAN. ET. NAVAR. REGINA. ℞. La couronne royale dans laquelle sont une palme, une branche d'olivier et une branche de laurier. SAECVLI. FELICITAS, 1610. AR. c 4.

405. Pierre Jeannin. Buste à droite, tête nue; exergue : G. DVPRE. F. 1618. PETRVS. JEANNIN REG. CHRIST. SECR. CONS. ET. SACR. ARA. PRAEF. Sans revers. Æ. 20 c.

406. Louis XIII. Buste à droite, tête nue. LVDOVIC. XIII. D. G. FRANCOR. ET. NAVARAE. REX. Au-dessus, 1620. Exergue. G. DVPRE. ℞. Buste de Marie Anne d'Autriche. ANNA. AVG. GALLIAE. ET. NAVARAE. REGINA. A l'exergue. G. DVPRE. FECIT, 1620. Æ. 6 1/2 c.

407. — Buste lauré du roi. LVD. XIII. FRANCORVM. ET. NAVARAE. REX. Buste lauré du roi. ℞. POSCERANT. HANC. FATA. MANVM, 1624. Édifice. Æ. 3 c.

408. — LVDOVIC. XIII. D. G. FRANCOR. ET. NAVARAE. REX. Buste habillé du roi. ℞. VT. GENTES. TOLLAT. QVE. PRIMAT. QVE. La Justice assise. Æ. 6.

409. Marie de Médicis. MARIA. AVGVSTA. GALLIAE. ET. NAVARRAE. REGINA. Magnifique buste de la reine avec collier et collerette; à l'exergue : G. DVPRE. F. 1624. Æ. 11 c.

410. — MARIA. AVG. CALLIAE. ET. NAVARRAE. REGINA. Buste de la reine avec collier, boucles d'oreilles et collerette. ℞. SERVANDO. DEA FACTA. DEOS. Navire avec des déesses conduit par la reine. Æ. 6 c.

411. Lavalette d'Epernou. L. A. LAVALETTA. D. ESPERN. P. ET. TOT. GAL. PEDIT. PRAEF. Busté à droite. G. DVPRE. F. 1607. Figure avec une torche dans chaque main; un lion. INTACTVS. VTRINQVE. 1607. AR. 5 1/2 c.

412. Bellièvre de Pompone. BELIEV. DE. POMPON. FRANC. CANCEL. Buste à droite. Sans revers. Æ. 3 1/2 c.

413. Maleussyc. H. DE. MALEYSSYC. PINEROLII. GVBERNATOR. Buste du gouverneur. Exergue : A. DVPRE. F. 1630. ℞. Magnifique église; au-dessous, la vue d'un château fort. Æ. 11 c.

414. Ruzé d'Effiat. A. RVZÉ. M. DEFFIAT. ET. DE. LONJVMEAV. SVRT. DES. FINANCES. Buste à droite. ℞. QVID QVID JVSSVM EST LEVE EST. Deux figures nues soulevant un globe; au bas, massue et peau de lion. Æ. 7 c.

415. Christine de Lorraine. Buste de Christine, fille de Charles III de Lorraine. CHRISTIANA. PRINC. LOTH. MAG. DVX. HETRVR. Sans revers. Æ. 9 1/2 c.

416. De Moncalde. D. FRAN. DE. MONCALDA. PRIN. PATERNIONIS. DVX MONTIS. ALTIAE. XVI. Buste à gauche du duc. ℞. INVITO LIVORE. Femme debout, appuyée sur un tronc d'arbre, tenant une corne d'abondance; à ses pieds, un paon. Æ. 4 1/2 c.

417. De Beauclerc. MICHAEL DE. BEAVCLERC. ANNO. AETATIS SVAE. Buste à droite. ℞. FRANGIT. SORS. INVIDA. PENNAS. La Fortune sur un globe, poursuivant deux hommes nus qui emportent des ailes. Æ. Ovale. 5 1/2 c.

418. Ciceron. M. TVL. CICERO. Buste à droite; dessous, VARIN. Sans revers. Æ. 11.

Médailles italiennes.

419. Panigarola. Buste à gauche. PANIGAROLA. DABAT. HIC. PIVS. ORATOR. TVSCO. SERMONE. DISSERTVS. NECTAR. ET. AMBRO-SIAM. Plaque carrée dans un cadre en bois noir. Æ. 10 c.

420. Leonellus. Sa tête à gauche; au dessus, GE. R. AR. Au milieu, LEONELLVS. MARCHIO. ETRVRIE. En bas, D. FERRARIE. REGII. ET. MVTINE. R/. Enfant ailé déployant un rouleau devant un enfant; un aigle perché sur une branche d'arbre; sur une colonne, le millésime MC. C. C. C. LXIIII. Dans le champ : OPVS. PISANI. PICTORIS. Æ. 11·

421. Sigismond Malateste. Tête à gauche. SIGISMONDVS PANDVLFVS MALATESTA. PAN. F. R/. Château fort. CASTELLVM. SISMVNDVM ARIMINENSE M. C. C. C. C. XLVI. Æ. 8.

422. — Buste nu couvert de sa cuirasse. SIGISMVNDVS. DE. MALA-TESTIS ARIMINI. TE. ROMANE. ECCLESIAE CAPITANEVS. GENERALIS. Æ. 10.

423. Raphael Maffeus. Tête à gauche, coiffée d'une toque. RAPHAEL MAFFEVS. VOLATERR. SCRIP. APOS. R/. Un homme et une femme debout. SIC ITVR. AD. ASTRA. Æ. 8. c.

424. Nicolas Piccinus. NICOLAVS. PICCINVS. VICECOMES. MAR-CHIO. CAPITANEVS MAX. AC. MARS. ALTER. Tête à gauche, coiffée d'un mortier. R/. N. PICINVS BRACCIVS. Un griffon, portant un collier sur lequel on lit : PERVSIA, allaite deux enfants; à l'exergue, on lit : PISANI. P. OPVS. Æ. 8.

425. Guido Pepoli. Buste à gauche, coiffé du mortier. GVIDO. PEPVLVS. BONONIENSIS COMES. R/. Un vieillard jouant aux échecs avec un personnage revêtu des attributs de la royauté. SIC. DOCVI. REGNARE TVRANNVM. A l'exergue : OPVS SPERANDEI. Æ. 8 c.

426. Isotte d'Arimini. D. ISOTTAE ARIMINENSI. Buste à dr.
℞. Un éléphant marchant à droite. MCCCCXLVI. Æ. 8 1/2 c.

427. Philippe Maserano. Buste à gauche, coiffé d'une
toque. PHILIPPO. MACERANO. VENETO. MVSIS. DILECTO. ℞. Arion
sur le dauphin. VIRTVTI. OMNIA. PARENT. MCCCCXLVI. OPVS
PISANI. PICTORIS. Æ. 7 1/2 c.

428. Jean Paul Lomasso. Tête à gauche. 10. PAVLVS LO-
MATIVS. ℞. Lomasso incliné devant Mercure et Vénus.
VTRIVSQVE. Æ. 5.

429. Julien Médicis. Tête à gauche. JVLIANVS MEDICES.
Sous la tête : LVCTVS PVBLICVS. ℞. Buste à droite de Lau-
rent Médicis. LAVRENTIVS MEDICES. Au bas, SALVS PVBLICA.
Æ. 6 1/2 c.

430. Alfonse V. Buste à droite, revêtu d'une armure cise-
lée; au-dessous, une couronne royale ouverte. ALPHONSVS.
REX. REGIBVS. IMPERANS. ET. BELLORVM. VICTOR. ℞. Mars et
Bellone couronnant le conquérant de Naples. MARS ET.
BELLONA. CORONANT. VICTOREM. Æ. 7 1/2.

431. Hyppolite de Gonzague. Tête à gauche, richement
coiffée. HIPPOLITA. GONZAGA. FERDINANDI. FILIA. AET. AN. XV.
℞. Une femme au milieu des instruments des sciences et
des arts. NEC. TEMPVS, etc. Æ. 6.

432. — Tête à gauche. HIPPOLITA, etc. AN XVI. En seconde ligne
à droite : ΛΕΩΝ. ΑΡΗΤΙΝΟΣ. ℞. PAR. VBIQVE. POTESTAS. La
princesse donnant du cor est accompagnée de deux lé-
vriers ; dans un temple, une statue. Æ. 6 1/2.

433. Godefroy III. Buste à droite avec une riche cuirasse.
D. FRANCISCVS. GOV. D. FRED. III. MANTVAE. SPES. PVB. SALVS. Q.
P. REDIVIVI. ℞. ADOLESCENTIAE AVGVSTAE. Une femme appuyée sur une lance, tenant une corbeille surmontée d'une
bandelette sur laquelle on lit : CAVTIVS. Æ. 6.

434. Maximilien. Tête à droite coiffée de longs cheveux. MAXIMILIANVS FR. CAES. P. DVX. AVSTR. BVRGVND. ℞. Tête de Marie de Bourgogne. MARIA. KAROLI. F. DVX. BVRGVNDIAE. AVSTRIAE. BRAB. C. FLAN. Æ. 4 1|2.

435. Philibert, duc de Savoie. Bustes en regard de Philibert et de Marguerite, le champ est semé de marguerites et de lacs d'amour. PHILIBERTVS DVX. SABAVDIE. VIII. MARGIA MAXI. CAE. AVG. FI. D. SA. ℞. Un écusson mi-partie des armes de Savoie et de celles de Marguerite d'Autriche. GLORIA. IN. ALTISSIMIS. DEO, ET. IN. TERRA PAX. HOMINIBVS. Dans le champ, FERT. Æ. 10 c.

436. Aloisius. AAOISIVS. PRINCEPS. DVX. MONTIS. ASTI. ET. ALCALA. REGNI. SICILIE. PRORE. Buste à droite. ℞. Une femme assise tenant une balance d'une main, et de l'autre soutenant une colonne. IN. OMNIBVS. EGO. Au bas MDCXXXVIII. Æ. 6 1/2 c.

437. Paul III. Buste à droite, vêtu d'ornements pontificaux. PAVLVS III. PONT. MAX. AN. XI. ℞. Ganimède, accompagné de l'aigle de Jupiter, arrose un lis, emblème de la maison Farnèse. ΦΕΡΗΝ. ΖΗΝΟΣ à l'exergue ΣΥΡΑΙΝΕΙ. Æ. 4 c.

438. Aristote. Tête à droite chevelue et barbue. ΑΡΙΣΤΟ-ΤΕΛΗΣ. Ο. ΑΡΙΣΤΟΣ. ΤΩΝ. ΦΙΛΟΣΟΦΩΝ. ℞. Le cheval Pégase. Æ. 5 c.

439. Pierre Bembo. Buste à droite barbu, PETRI. BEMBI. CAR. ℞ Le cheval Pégase. Æ. 6 c.

440. Bramante. Buste à gauche. BRAMANTVS. ASDRVVALDINVS. ℞. Femme tenant un compas et une règle. FIDELITAS. LABOR. L'Architecture assise tourne la tête du côté de Saint-Pierre de Rome, que l'on voit dans le lointain. Æ. 4 c.

441. Gérome Zanetti. HIERO. ZANE. SENAT. OPT. Buste à gauche. ℞. Un vieillard à genoux devant la croix. Au bas, AND. SPINELLI. 1540. Æ. 3 1/2. C.

442. **Alexandre Farnèse.** Buste à droite. ALEXANDER. CARD. FARN. S. R. E. VICERAN. ℞. La façade d'une église. FECI. ANNO. SALVT. MDLXXV. Æ. 5 c.

443. **Sanctacrusius.** Tête à droite chauve et barbue. PROSPER. SANCTACRVCIVS. S. R. E. CARD. ℞. Un château. Æ. 5 1/2 c.

444. **François de Gonzague.** Buste à gauche. IOHANNES. FRANCISCVS. GONZ. ℞. La Fortune montée sur un globe; à ses côtés Mars enchaîné et un guerrier quittant ses armes, FOR. VICTRICI. Au bas, ANTI. Æ. 4 c.

445. **André Doria.** Tête à droite derrière un trident. ANDREAS. DORIA. ℞. Buste de Leone Leoni, artiste que Doria avait fait sortir de prison; autour du buste des chaînes brisées. Æ. 6 c.

446. **François Trivulce.** Tête à droite. IO. FRAN. TRI. MAR. VIC. CO. MVSO. AC. VA`. REN. ET. STOSA. D. ℞. Une jeune femme paraissant sortir de la mer. FVI. SVM. ET. ERO. Æ. 6 c.

447. **Hyppolite de Gonzague.** Son buste. HIPPOLITA. GONZAGA. FERDINANDI. FIL. AN. XVII. A l'exergue, JAC. TREZ. ℞. Le dieu du jour. VIRTVTI. FORMAE. Q. PRAEVIA. Æ. 7 c.

448. **Cosme de Médicis.** Tête à gauche coiffée d'un mortier. MAGNVS. COSMVS. MEDICES. P. P. P. ℞. Tête à droite de Louis XI, coiffé d'un bonnet. DIVVS. LVDOVICVS. REX. FRANCORVM. Æ. 7 c.

449. **Ricardi.** T. MARCHIO. RICARDI. R. C. COS. M. D. ETRV. A CONS. ET. SVM. AVLAE. PRO. EF. Buste à droite; dessous C.F.F. MDCCXV. ℞. EGENTIVM. VOTIS. Deux femmes assises près d'un monument; un ange descend du ciel avec couronne et une clef. Æ. 7 c.

6

450. Clément XI. CLEMENT. XI. PONT. OPT. MAX. A. I. Buste à droite ; dessous HERMENGIL. HAMERANVS. ℞. Le soleil ; sur une bandelette : CVNCTIS. CLEMENS. Æ. 10 c.

451. Didon. Buste à droite avec une couronne d'épis. ΔΙΔΟ. ΒΑΣΙΑΙΣΣΑ. ℞. La ville de Carthage. ΚΑΡΧΗΔΩΝ. Æ. Doré. 5 c.

452. Belmonte. BALDVINVS. BELMONTE. COMES. Buste à droite. ℞. MAGIS. VICI. SED. TIBI. Un cavalier donnant un coup de lance à un cavalier renversé. ℞. 4 c.

453. Loysius. P. LOYSIVS. F. PARM. ET. PLAC. DVX. Buste à droite, exergue FR. PARM. ℞. Deux licornes et leurs petits. IN. VIRTUTE. TVA. SERVATI. SVMVS. Æ. 3 1/2 c.

454. Thomas. THON. PHILO. RAVEN. PEYS. EQ. GVARD. DE. MAR. MAG. 1562. Buste à droite. ℞. JOVE. ET. SORORE. GENITA. Aigle apportant un enfant à une femme nue. Æ. 4 c.

455. Arioste. LVDOVICVS. ARIOST. POET. Buste à gauche. ℞. PRO. BONO. MALVM. Une ruche enfumée. Æ. 3 c.

456. Pallavicinus. P. FRAN. PALLAVICINVS. EPS. ALERIAE. DE-SIGN. Buste à droite. ℞. SERVABO. L'Espérance et un berger avec son troupeau. Æ. 6 c.

457. Philippe II. PHILIPPVS. D. G. ET. CAR. V. AVG. PAT. BE-NIGNIT. HISP. REX. 1557. Buste à droite ℞. VT. QVIESCAT. ATLAS. Atlas supportant le monde. Æ. 4 c.

458. Alexandre. ALEXANDER. DVX. PRIMVS. Buste à droite. ℞. FVNDATOR. QVIETIS. MDXXXIIII. La Fortune assise brûlant des armes. Æ. 3 1/2 c.

459. François d'Este. FRANCISCVS ESTENSIS. Buste à droite. ℞. PARI. ANIMO. Deux temples ronds. Æ. 6 1/2 c.

460. Casimir. IO. BA. CAS. CAR. CAES. FER. RO. REG. ET. BOE. REX. EXERCIT. DVX. Buste avec une longue barbe. Exergue : ANT. B. ℞. TRANSILVANIA. CAPTA. Femme couchée près d'un trophée. Exergue : MAVRVSCIVS. Æ. 4 c.

461. Charles-Quint. IMPERATOR. CAESAR. CAROLVS. V. AVG. HISP. REX. Buste à droite avec un petit chapeau plat. Sans revers. Æ. 5 1/2 c.

462. Constance Sforce. CONSTANTIVS. SFORTIA. DE ARAGONIA. PI. ALEXAN. SFOR. FIL. PISAVRENS. PRINCEPS. AETATIS. AN. XVII. Buste à droite. ℞. INEXPVGNABILE. CASTELLVM. CONSTANTIVI. PISAVRENSE. SALVTI. PVBLICAE MCCCCLXXV. Château-fort. Æ. 9 c.

463. Cicilia. CICILIA. VIRGO. FILIA. IOHANNIS. FRANCISCI. PRIMI. MARCHIONIS. MANTUE. Buste à gauche. ℞. Jeune fille demi-nue près d'une licorne. Sur une base, OPVS. PISANI. PICTORIS. Æ. 8 1/2 c.

464. Flamma. MEMINISSE. JVVABIT. Buste avec la tête chauve. Il tient une tête de mort. ℞. Grande inscription de 18 lignes commençant par GABRIEL. FLAMMA. Æ. 8 1/2 c.

465. Sigismond. SIGISMVNDVS. PANDVLFVS, etc. Buste à gauche. ℞. La Terre, tenant une colonne, est assise sur deux lions. Æ. 8 1/2 c.

466. — Cavalier casqué à droite OPVS. PISANI. PICTORIS. Sans revers. Æ. 11.

467. Albiza. IOANNA. ALBIZA. VXOR. LAVRENTII. DE TORNABONIS. Buste en cheveux avec collier. ℞. CASTITAS. PVLCHRITVDO. AMOR. Les trois Grâces. Æ. 9 c.

468. Hanna. DANIEL DE. HANNA. Buste à g. ℞. OMNE VANUM. Femme tenant un vase d'où sort de la fumée. Æ. 5 1/2 c.

469. **Davalos.** FERDINAND. FRAN. DAVALOS. DE AQVIN. MAR. P. Buste. R\. Hercule cueillant les pommes du jardin des Hespérides. QVAMVIS. CVSTODITA. Æ. 7 c.

470. **Nicolas Baro.** NICOLAVS. BARO. ET. DOM. ADR. AVI. ET. BRENT. ET. C. Buste à gauche. Sans revers. Æ. 8 c.

471. **Fabius.** FABIVS. VICECOME AETAT. ANN. 17. Buste à droite. R\. HONORE. ADQVIRAM. Figure à genoux devant Mars. Æ. 6 c.

472. **Mathias.** MATHIAS. REX. HVNGARIAE. BOHEMIAE. DALMAT. Buste à droite. R\. MARTI. FAVTORI. Une charge de cavalerie. Æ. 5 c.

473. **Philippe III.** PHILIPPVS. III. HISPANIARVM. REX. Buste à droite. R\. AD. VTRIM. QVE. Lion couronné tenant une croix et une lance Æ. 5 1/2 c.

474. **Agrippa.** CAMILLVS. AGRIPPA. ANT. Buste à droite. R\. VELIS. NOLIS VE. Guerrier arrêtant la Fortune. Æ. 4 1/2 c.

475. **Scipio.** SCIPIO. DE. MONTIBVS. GALLO. SPARTANVS. AD. VIVVM. REDDITUS. Buste à g.

R\. PHOEBI. CVLTOR. ET. MARTIS. ALVMNVS. Apollon et Mars débout. Æ. 4 c.

476. **Sigismond.** SIGISMVNDVS. PANDVLFVS. MALATESTA. PAN. F. Buste lauré à gauche. R\. PRAECLARVM. ARIMINI. TEMPLVM. AN. GRATIAE. V. MCCCCL. Église. Æ. 4 c.

477. **Aretin.** DIVVS. P. ARETINUS. FLAGELLVM. PRINCIPVM. Buste avec une grande barbe à gauche. R\. VERITAS. ODIVM. PARIT, dans une couronne de chêne. Æ. 3 1/2 c.

478. **Paumgartner.** Tête de face. HIERONVMVS. PAVMGARTNER. ANNO. AETATIS. 56. Æ. 7 1/2 c.

479. **Tromper.** Buste de face de l'amiral Tromper, couronné par deux Amours. R\. Revers, un combat naval. AR.

RENOU et MAULDE, Imprimeurs de la Compagnie des Commissaires-Priseurs, rue de Rivoli, 144.